転生第八王子の幸せ家族計画
著 八月八
画 山田J太

✦世界地図✦

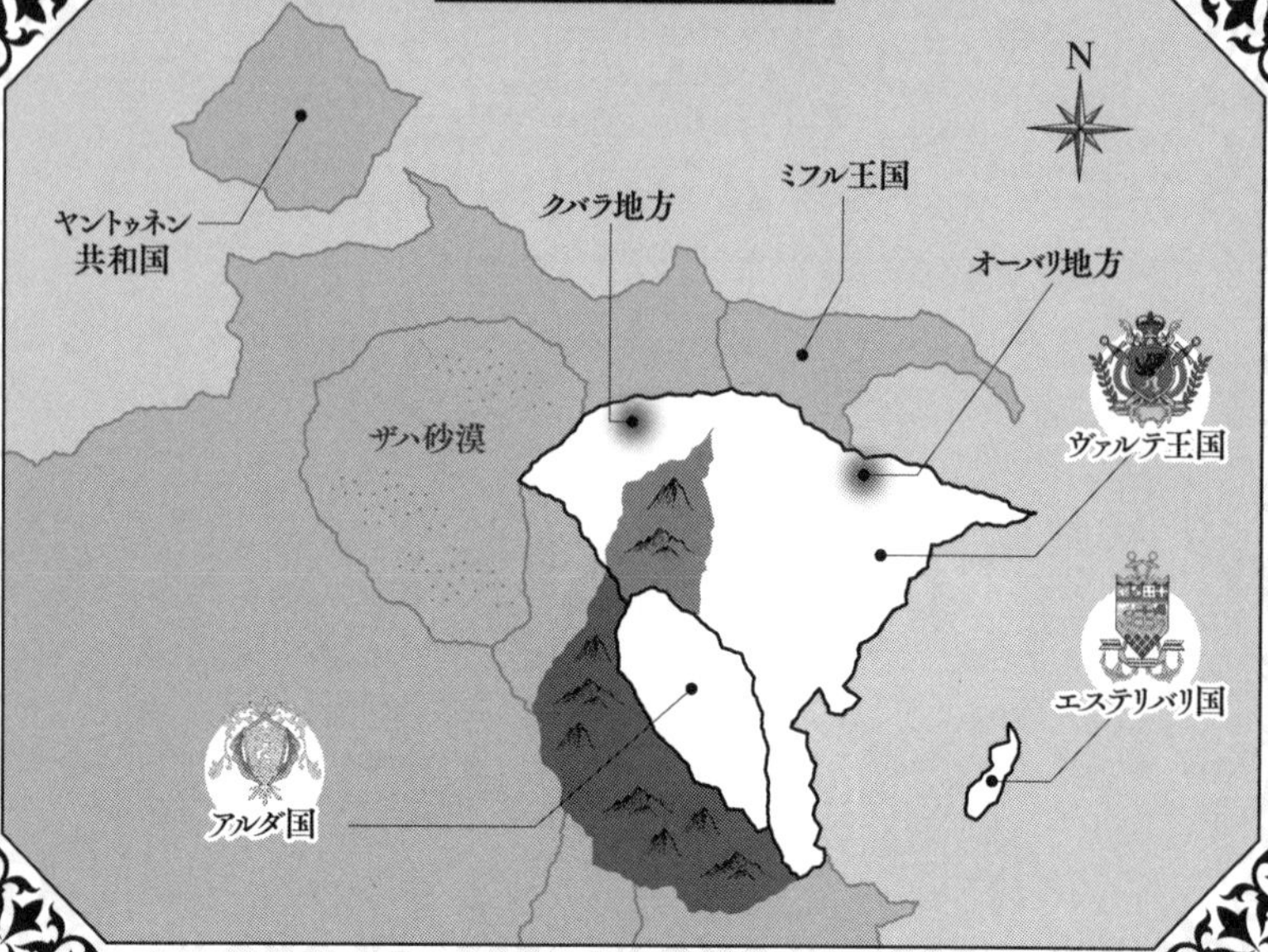
N
ヤントゥネン
共和国
クバラ地方
ミフル王国
オーバリ地方
ザハ砂漠
ヴァルテ王国
エステリバリ国
アルダ国

✦ヴァルテ王国 王宮相関図✦

正妃ツェツィーリア陣営
現国王
オヴィディオ＝ヴァルテ＝
ハームビュッフェン
王子たちの父親
親子
正妃
ツェツィーリア
ヴァルテ王国公爵家出身
第三王子
オリヴィエーロ
第二妃
エデルミラ
エステリバリ国出身
第三王女
親子
第一王子
フィレデルス
同母兄弟
第四王子
ラウレンス
第二妃エデルミラ陣営

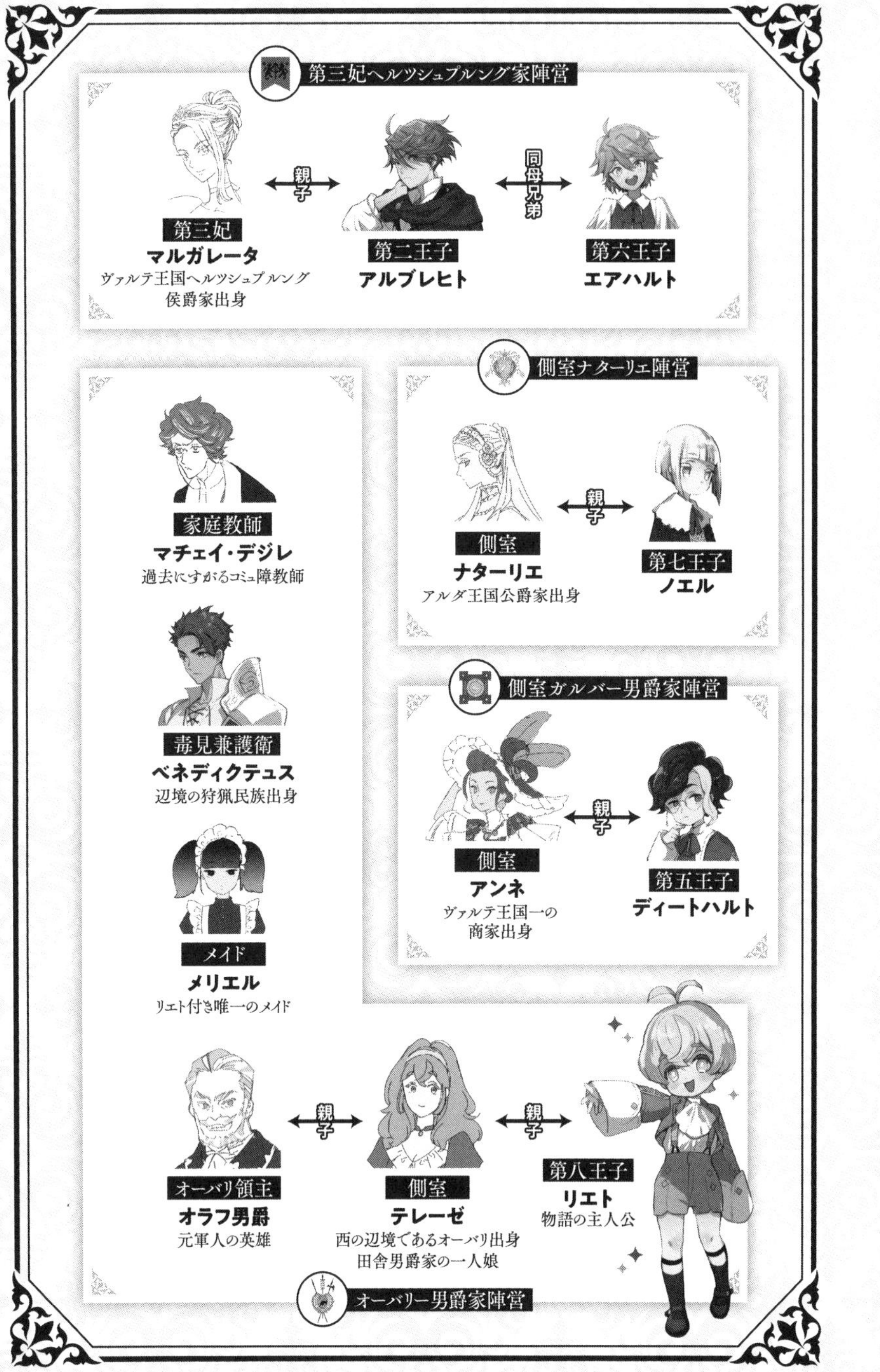
第三妃ヘルツシュプルング家陣営
親子
同母兄弟
第三妃
マルガレータ
ヴァルテ王国ヘルツシュプルング
侯爵家出身
第二王子
アルブレヒト
第六王子
エアハルト
家庭教師
マチェイ・デジレ
過去にすがるコミュ障教師
毒見兼護衛
ベネディクテュス
辺境の狩猟民族出身
メイド
メリエル
リエト付き唯一のメイド
側室ナターリエ陣営
親子
側室
ナターリエ
アルダ王国公爵家出身
第七王子
ノエル
側室ガルバー男爵家陣営
親子
側室
アンネ
ヴァルテ王国一の
商家出身
第五王子
ディートハルト
親子
親子
オーバリ領主
オラフ男爵
元軍人の英雄
側室
テレーゼ
西の辺境であるオーバリ出身
田舎男爵家の一人娘
第八王子
リエト
物語の主人公
オーバリー男爵家陣営

プロローグ ✦ 転生王子、灰色の夢を見る

灰色の大きな四角い建物の中、灰色の壁、灰色の机、灰色の箱に向かって灰色の板を叩《たた》いている。男の人のほとんどは灰色の服を着ていて、女の人は青いベストとひざ丈くらいのスカートで皆同じ格好だ。

「あーあ、今度の日曜子供の運動会なんだよな。朝から場所取りだよ」

隣の席でそう嘆くのは、仲のいい同僚だ。もう上の子が幼稚園とは早いものだ。

「大変だな」

「まぁビデオカメラも新調したから、前の方の席取れるように頑張らなきゃな」

「新調したのかよ」

「これから行事がどんどん増えるんだ。ズーム良いやつ要るだろ」

大変なんて言いながら楽しそうに同僚は話す。子供がかわいくて仕方ないのだろう。

「あ、そうだ。俺《おれ》今度結婚するんで、結婚式の招待状送って良いですか？」

向かいの席の後輩にそう言われ、めでたい事なのでもちろん祝うが、こう結婚式が続くと出費がかさむなと思いながらも返事をした。

最近職場では結婚ラッシュだ。地元の友達もほとんど結婚していて、子供がいるやつも多い。

Reincarnation
The 8th Prince's
Happy Family Plan

「いいなぁ……」

それにひきかえ俺は、年齢＝彼女いない歴という事実。かわいいお嫁さんにかわいい子供がいる家庭を持つ同僚友人が羨《うらや》ましくて仕方ない。女性に全く縁が無かった＝年だが、俺だって幸せな家庭を持ちたい。世界にはこんなに女性がいるというのに、なぜ俺は一人なのだろう。

良いなぁ、幸せな家庭――


目を開けると、視界には金色の刺繍《ししゅう》の入った布があった。

どこだ、ここは？

ん？

どこ？

どこって、ボクのベッドに決まってるじゃないか。

ボクの？

ボク？

俺？

目を瞬かせて、ふかふかの大きなベッドからゆっくりと体を起こす。なんだか体が固まっている感じだ。

変な夢を見てた気がする。灰色だらけの世界で、ボクが働いていた。

名前は、分かんない。何て呼ばれてたっけ？　でもあれはボクだ。毎日電車っていう乗り物に乗って、会社っていう所に行って箱……パソコン……そうパソコンだ。パソコンで仕事していた。

家はすごく狭くて部屋が二つしかなくて、一人で住んでた。わびしい一人暮らしの俺。俺？

う～ん、まだ頭がはっきりしない。

夢の中のボクとの境目があいまいだ。

とても喉《のど》が渇いている気がしたので、ベッドの横の鈴を振った。

「リエト様！　お目覚めになられたのですね」

普段は淡々ときつい事ばかり言ってくるメイドのメリエルが、ノックもせずに飛びこんできた。

そう、ボクの名前はリエト。

リエト＝ヴァルテ＝ハームビュッフェン。

このヴァルテ王国の第八王子だ。

一．✦ 転生王子、現状を把握する

すごく長い夢を見たせいか、夢の中でのボクの気持ちが残ってる。よく分からないけど、夢の中の『俺《おれ》』もボクだったんだなって感じ。まあボクはボクだ。

幸せな家庭か〜、でもボクはまだ五才になったばかりだし、幸せな家庭を築くよりも子供の立場として幸せな家庭にいればいいだけじゃん！　て思ったところで思い出す。

ボクがこの王族でいっちばん立場が低いみそっかすの末王子だって事を。

その上メリエルが水と一緒に連れてきてくれたおじいちゃん医者が言うには、僕はおやつに毒を盛られて三日三晩寝込んでいたらしい。

毒！　毒だよ⁉

ダントツで王位継承権が一番低いボクでも、一応王子なわけで。いるよりもいない方が良いって思う人はいっぱいいて、それでこの毒殺未遂だったみたい。

ここでボクのぼんやりとした頭を整理する意味でもボクの家族を思い出していく。

まずはボクが目を覚ましたって聞いて駆けつけてくれた母様。

青灰色の髪をしたかわいげのある容姿をしている。夢の中のボクから見ると、まだ全然若い。二十代前半だったはず。

Reincarnation
The 8th Prince's
Happy Family Plan

「ああリエト！　良かった、目が覚めて！　あなたがいなくなったら、どうしようかと思ったわ！」

そう言ってボクを抱きしめてくれるけど、どうしようかってのは自分の話だ。

まずこの王国の王様、つまりボクのお父様ね。第三十七代目国王のお父様には、三人のお妃様と、三人の側妃、そして僕含め八人の息子がいる。娘なし。何か強い遺伝子を感じる。

まぁそれは置いといて、ボクの母様はその三番目の側妃。

しかもお父様が避暑地に遊びに行った先での、ワンナイトラブの相手。つまりは予定外の側妃ってわけだ。

母様の実家はよく言えば自然がいっぱいの、まぁど田舎で一応貴族枠に入る男爵家なんだけど、そこにお父様が身分を隠して遊びに来たわけ。と言っても、王様って事を隠してるだけで貴族階級なのはバレバレのやんごとなき御方としてだけど。そこで母様とひと夏の恋を楽しんだ。ひと夏の恋って何だ？　あ、これは夢の中のボクの記憶か。

しかしそこは王子七人こさえた的中率。

ドンピシャ子供が出来て、そこで登場するのが男爵であるおじいさま。

このおじいさまがまた厄介な事に、昔の戦争でめちゃくちゃ活躍した人で、お城にも色々コネを持ってて発言権もあったりしちゃったんだ。そこで一人娘を身籠《みごも》らせたんだから責任取れって大騒ぎして、母様は田舎の男爵の娘としては異例の王様の側妃となった。

もちろん王様の側妃が増えるなんて一大事、よく思わない人も大勢いたし、何よりワンナイトラブの相手なもんで、周囲は本当に王の子かって疑う。てゆーか未《いま》だに疑われてる。夢の中の世界ならそれを証明する方法があるみたいだけど、こっちでは無理。でも王様の子じゃないって証明も無理。なので一応ボクは王子って事になってる。

で、おじいさまのごり押しで側室入りした母様なんだけど、しょせん田舎の男爵家の娘なもんで、お城ではとても立場が弱いし、針のむしろ。母様はかわいい顔をしていると思うけど、言うならば学校でかわいいと評判のレベルで、ここは王城。夢の中の世界で言うとアイドルや女優級といった別次元の美人だらけなのだ。おまけに頼みのお父様もワンナイトラブの相手に、お城に帰ってまで構う事はあんまりしなかった。お爺様のごり押しにも嫌気が差したみたい。

そんな訳で、ごり押しで王城入りした母様はボクがいなくなれば、とっとと城から追い出されるだろう。だからボクが大事なのだ。冷めた親子関係だよね。

で、ボクが起きた事に安心した母様は、誰《だれ》の仕業だ許さないってブツブツ言ってる。ボク的には、二番目の側妃のアンネ様あたりかなーって思う。

じゃあ次に、三人のお妃様と三人の側妃を整理してみようか。

まずは第一妃、正妃ツェツィーリア様。この方はこのヴァルテ王国の公爵家のお嬢様で、特に由緒正しき家系の方だ。王様ともずっと前から婚約者で、小さな頃から王妃教育を受けてきた正真正銘の正統な王妃様。

ただ、残念ながら結婚してからなかなか子宝に恵まれなかったんだ。これで話が少しややこしくなってくる。

第二妃のエデルミラ様は、エステリバリっていう小国のお姫様なんだけど、その国は海運がとても発展していて、その上この国では採れない産物がたくさんある。国土は小さいけど権力とお金をたくさん持ってる国のお姫様なんだ。この人も昔から第二妃入りする事が決まっていた。外交的な理由だね。

で、正妃様が輿入《こしい》れして二年後にやってきたそのお姫様は、即行で世継ぎを産んじゃったのだ。つまり第一王子はエデルミラ様の子供。

そこから更にややこしい事に、貴族内の均衡を保つために輿入れされたヴァルテ王国侯爵家令嬢の第三妃のマルガレータ様が、第二王子を産んじゃった。もうツェツィーリア様のプレッシャーは半端《はんぱ》なかったと思う。夢の中の世界でも、なかなか子供ができない女の人は嫌な思いをいっぱいしてたみたいだし。お父様もその辺気を遣えば良いと思うけど、何よりも世継ぎが生まれる事が優先されたみたい。

で、ツェツィーリア様の努力の成果か意地か、第一王子誕生から遅れる事四年、何とか第三王子を出産。ちょっといざこざはあったらしいけど、王位継承権は一位だ。

だからと言って黙っている第二、第三妃とその陣営ではない。エデルミラ様は同年に第四王子を出産。王宮内出産ラッシュ。お父様もめちゃくちゃ元気だな。

ここから更に熾烈《しれつ》な権力争いが始まるわけだが、それとは別に政治的な婚姻は続いていて、色々揉《も》めた過去のある隣国アルダの公爵家から一番目の側妃を貰《もら》い、続いて国一番のお金持ちの商家が爵位を得て、娘を側妃入りさせてきた。王室の資金源だね。

で、最後にワンナイトラブからの押しかけ側妃入りしたのが母様。

あ、ちなみにその商家の側妃がアンネ様で、この方も即行王子を産んで、それが第五王子。で、マルガレータ様が第六王子を、隣国アルダ国の公爵家のお嬢様、ナタ一リエ様が第七王子を産んだ。

理解出来たかな？

ボクはいまいち！　だってあんまり会わないし！

でも覚えとかなくちゃ失礼だからね、叩《たた》き込《こ》まれたよ。

アンネ様が一番あやしいなって思うのは、王妃様から第三妃までは身分的にもボクと母様なんて歯牙にもかけない、視界にも入らないレベルなんだよね。ナタ一リエ様も隣国とはいえ王家の血筋の由緒正しき公爵家の方だし、隣国との同盟の証《あかし》でもあるから立場はずっとずっと上だ。あとナタ一リエ様の息子の第七王子のノエル兄様が、天使のようなかわいらしさで、お父様のお気に入りってのもある。

その点アンネ様は最近貴族になったばかりで、位的にも母様と同等。何だったらうちの方が歴史があるし、何よりもおじいさまが王城に発言権を持ってるくらいの人だ。ちゃんと王城に迎えられた側妃としてはあちらの方が王城内での立場はしっかりしてるんだけど、一番母様とボクの事が目障りだと思ってるだろう。

しかし毒……。毒かぁ〜〜〜。

一応王位継承権はあるボクだけど、何と言っても本当に王家の血かって疑惑もずっとあるので、王子にしてはなかなかの扱いを受けていると思う。

母様と一緒に、王様であるお父様の部屋があるのとは別の棟で暮らしているし使用人も最低限。ボク付きのメイドはさっきもいたメリエルただ一人で、護衛も無し。そんなもんで当然毒見係も無しでやってきていた。普通に考えたらありえないんだけどね。一応家庭教師は付いているけど、王族としての教育は本当に最低限だ。

「リエト！　安心なさい、お父様に言って絶対に毒見係と護衛を用意するからね！」

母様はそう言ってバタバタと部屋から出て行った。ボクの容体を医師から聞く事も、ボクから聞く事もなかった。生きてさえいればいいのだろう。

うーん、この母様とお父様で幸せな家庭は無理かな！

母様とお医者さんが出ていった部屋で、改めて自分の手を見る。小さい手。グッパをして、手の感覚を確認する。

「リエト様、どこかおかしい所がございました？」

さっきお医者さんと散々問答をしていたのを聞いていたはずなのに、メリエルが尋ねてくる。心配してくれているのだろう。

「ううん、大丈夫。ちょっとボクの確認をしていただけ」

「おかしいのは頭でございましたか」

うん、いつものメリエルだ！

ボク付きの唯一の使用人であるメリエルは、確かまだ十四才くらいだったはず。夢の中の世界なら学生さんだ。いや、こっちの世界でも十四才って言ったらアカデミー生か。

まぁそれはともかく、ツインテールの結構かわいい女の子なんだけど、お聞きの通り口がめちゃくちゃ悪い。ボクってば主人のはずなのに、めっちゃディスられる。言い方は丁寧なんだけどね、それが更にグサっとくるよね。

でもたった一人のボクのメイドさんだし、母様と違って本当にボクの事を心配してくれてるから全然大丈夫。

まだ夢の中の世界と今とぐちゃぐちゃになっちゃってる感じがして、ボクはボクの確認を続けた。

大きなベッドから下りて、装飾の入った姿見の前に立つ。みそっかす王子でも、一応王城レベルの最低限の物は揃《そろ》えられているのだ。

母様より少し色の落ちた灰色の髪は今はちょっと寝癖が付いているけど、全然傷んでなくてサラサラで、肌もスベスベ。青灰色って言うのかな？　目はまつ毛も長いしタレ目気味でクリッとしている。鼻も小さく、全体的にコンパクトだがなかなかの美少年……美幼児？　ではないか。

夢の中のボクの事はぼんやりとしか思い出せないけど、彼女いない歴＝年齢だったから、容姿的にはいまいちだった気がする。

それに比べ、ボクはなかなかの美幼児で、みそっかすだけど王子様なわけだ。

これはかわいいお嫁さんゲット確定なのでは⁉

「ねえメリエル、ボクって結構かわいいよね？」

「もう一度お医者様を呼んだ方がよろしい様ですね」

着替えを済ませて身支度をしてもらったボクは、お腹《なか》が空《す》いたのでメリエルと食堂に向かった。

お父様と第一妃から第三妃とその王子達は夕食を一緒に取る事が多いらしいけど、ボクは基本こっちの別棟の食堂で母様と取る事が多い。主棟には呼ばれない限り基本的に行かない。まだ病み上がりだから食事を部屋に用意するというメリエルに、ずっと寝てて体が固まっているから動きたいと言って食堂に行く事にした。

長い廊下を歩いていると、向こうから数人が歩いてくる。後ろに大人を引き連れた先頭はボクよりも少し大きい子供……第七王子のノエル兄様だった。

同じ側妃の子なので道を譲るのもおかしいから、どうしようかなと思ったけど、ノエル兄様の後ろにいた護衛の人が前に出てボクの事を見下した。これはどけって事かな？

困っていたら、ほぼ押しのけるみたいな感じで護衛をはじめノエル兄様たちが進んだ。と思ったらノエル兄様がボクとすれ違う時に立ち止まり、こっちを見た。

それはそれは、侮蔑という言葉がふさわしい色を込めた紫の瞳《ひとみ》をボクに合わせ、一言呟《つぶや》いた。

「なんだ、死ななかったのか」

ひ、ひぇ～～～～～～！

立ち去る一向の後ろ姿を見送しながら、ボクは心から震えた。

「リエト様、大丈夫ですか？」

「だ、だいじょうぶ……」

大人たちの威圧と真正面からの侮蔑と殺意にはなかなか肝《きも》を冷やしたが、それよりもボクの心を

凹《へこ》ます事があった。

「ねぇメリエル……」

「はい、お部屋に戻られますか？」

「ノエル兄様、美少年すぎない……？」

そう、天使のごとき容姿で父王様もお気に入りというノエル兄様が、近くで見るとはちゃめちゃに美少年だった事だ。

いや、前から知っていたんだけどね、夢の中のボクの常識がめちゃくちゃびっくりしてるの。金色のサラサラヘアーに、同じく金色のまつ毛が周りを彩《いろど》る紫の瞳は、宝石みたいにキラキラしていた。

ノエル兄様はボクよりも二才上だから、今は七才のはずだ。

幼児から少年になり、すらりと伸びた手足。それでいて赤ちゃんみたいなすべすべ肌。鼻の形もそれ！っていう整ったもので、唇なんて何ならちょっと妖しい魅力があるくらいのピンク色で艶々《つやつや》で。まさに天使がいるとするなら、こういう容姿だろうという完璧《かんぺき》な美少年だった。

ボクもなかなかの美幼児だと思ったんだけど、月とすっぽんとはこの事。すっぽんって何だっけ？　あ、夢の中の生き物か。何で月と比べるんだろう。比べる対象おかしくない？

ああ、これはまさしく母様の「学校レベルだったらかわいい子」を完全に引き継いだ。ボクも田舎に帰ればかわいいと言われるかもしれない。でもノエル兄様を見た後だと、何て言うか……地味だなって感じ。

ううん、でもボクは末席だけど王子様なんだ！

容姿が地味めでも、実家がど田舎でも、王子様！

将来お城からは出される事になると思うけど、王家の血筋には変わりないから、あるだろう。

そう、政略結婚ってやつだ！

「どう思う？　メリエル」

食堂で軽めの食事をしながら聞くボクに、レモン水を注《そそ》ぎながらメリエルは面倒くさそうに答えてくれた。

「まぁございますでしょうね」

「そうだよねー」

病み上がりだからとあっさりめの味付けの魚のソテーをあぐあぐしながらボクも頷《うなず》く。

政略結婚なんて言ったら愛のない義務的な家庭を想像しやすいけど、そこはほら！　気の持ちようっていうか。結婚できる事が確定しているなら、お嫁さんと愛を育めば万事解決じゃない⁉

愛は育てるものだって、誰かが言ってたもん。

夢の中のボクは結婚できなさそうだったけど、ボクは立場上結婚はできる事が決まっているんだから、あとはその結婚相手と幸せな家庭を築くのみ！

それには相手にもボクを好きになってもらわないといけないよね。

王子だけどみそっかすだし実家のうまみも薄味だから、ボク自身が優良物件になるべきだ。

「よぉし、がんばるぞー！」

「リエト様、お行儀が悪いです」

フォークを掲げて決意表明をしたら、メリエルに叱られてしまった。

✦♛✦

「ねぇメリエル、女の子ってどんな事されたら嬉《うれ》しい？」

「そうですね、何も言わずともご自分で身支度が出来るようになられたりですかね」

「それはメリエルがボクにやってもらったら嬉しい事でしょ？　そうじゃなくて、いっぱんろんを聞いてるの」

あれから三日、毎朝お医者さんの問診を受け、明日からはもう来ないって言ってたから、ボクは完治した。いや～良かった良かった。

ボクの幸せな家庭計画のためには、まずは自分磨きと女の子の喜ぶ事をマスターしなきゃいけない。幸いにも、夢の中のボクと違って、ボクにはメリエルっていう頼もしいアドバイザーが付いているからさ、こうやって色々相談してるわけ。大体適当に答えられている気がするけど、無いよりいいよね。

「それよりもリエト様、奥様がお呼びの時間までもう時間がございませんよ」

「そうだった！　急がなきゃ！」

遅刻する男はダメだよね。ルールは守らなきゃ！

母様がボクを呼んだのは他でもない、毒見役兼護衛が雇えたからその紹介だ。毒見役と護衛と二人用意するって言ってた気がしたけど、一人しか無理だったみたい。これ毒見して毒にあたっちゃったら護衛もいなくなるって事？

母様に指定された部屋に入ると、母様の機嫌はとっても悪かった。顔色は青く、眉間にしわが寄ったまま口角がピクピクしてる。原因は二人の予定が一人しか用意できなかったからだけじゃないみたい。同じ部屋に立っている男を見て理解した。

何て言うのかな、背は高くて筋肉もしっかり付いている兵士らしき人なんだけど………王城にいるような人じゃないんだよ。

ぼさぼさの赤毛に無精ひげ。体格は良いのにちょっと猫背でだるそうな雰囲気があふれ出ている。明らかに新品の防具が間に合わせ感をかもし出していて何とも似合っていない。

「リエト……彼が今日からあなたの護衛と毒見役をします……」

なんて絞り出すように言う母様が、誰よりもその事に納得がいっていないのがありありと分かった。

そうは言っても、護衛がいないのは危ないので、いないよりいる方が良いボクは、ボサボサ頭の男の人に向き合った。

「はい。よろしくお願いします」

話す時は身分の高い人からじゃないといけないから、そこでボサボサ男はようやく口を開く。

「あー……ベネディクテュス、といいます。よろしくお願いします」

あ、名字ないんだ。まぁこの様子で貴族ですって言われた方がびっくりか。

「ありえない……ありえないわ……。リエトは王子殿下なのよ……。王子殿下の護衛が蛮族なんて………」

母様がブツブツ言っているのが聞こえて、何となく事情を察した。

母様はボクの毒殺未遂で、仮にも王子が毒見役も護衛もいないからこうなったのだと田舎のお爺様に泣き付き、陛下にも直談判したらしい。さすがに実際死にかけたのだから、お爺様の激怒もあって渋々付けられたのが彼だったが、母様的にあり得ない人選だったのだろう。

「奥様、お体に障りますので中庭でお茶でも飲みましょう」

母様付きの侍女に連れられ、母様退室。

残されたのは、三分前に出会ったばかりのボクと護衛とメリエルだ。

「メリエル、蛮族ってなに？」

さっき母様がブツブツ言っていた中にボクも夢の中のボクも分からない言葉があったので、メリエルにこっそり聞く。何となく、悪口みたいな気がしたのでこっそりと。

「蛮族ってーのは、東のクバラ地方の狩猟民族の事を指すんだろ。俺はそこの出身なんです」

でも耳の良い護衛に聞かれて、本人に答えられてしまった。

クバラ地方って言ったら、うちよりも田舎で国境近くに深い森で形成されていて、まだ未開の地もあった所だった気がする。

「おう。その未開の地に住む先住民族が俺の一族って訳でさぁ」

話に聞くと、ベネ……ごめん、もう一回名前良い？　ベネディィ……テゥ？テュ？　ねぇ、ベディって呼んでいい？　いいよね？　ベディはクバラ地方出身で、腕に自信があったので王都に出て兵士になったらしい。そんでもって、ベディの一族は森で生活していたせいで毒に耐性が強くて、今回白羽の矢が立ったとか。

これどっかの夫人の陣営からの嫌がらせが込められてるよね、多分。田舎者には田舎者がお似合い的な？

実際ベディの礼儀はいまいちって言うか、一応敬語を使ってはいるけど、ボクを王族として敬ってる感じはない。まぁそれは慣れてるからいいんだけど。

でも権力争い的には負け確定のボクの護衛なんて、よく引き受けたな。他の陣営から睨《にら》まれる上に、出世の可能性は限りなくゼロに近い。てゆーかゼロだね。それでいて狙《ねら》われやすいから危険な仕事。ベディをあてがわれる以前に、他から全部断られた可能性も微レ存物件だよ？

「坊ちゃんの護衛と毒見でなかなかの給料でしたからね。俺ぁ腕には自信はあるが、どうにも王都ってのはクバラのもんを差別しやがる。俺より弱い奴《やつ》らはどんどん出世するが、俺は身分の高い人には付けられねぇと言われてきたんでね、末王子でもマシでさぁ」

え？

「ベディが護衛に付けないのは、クバラのせいじゃなくてベディが小汚いからだよ、多分」

「え」

ボクに言われた言葉に目を丸くして固まるボクの護衛兼毒見役のベディ。

何でそんなに驚いているのか分からず、首を傾《かし》げる。

「こ……ぎたない……？」

「うん、小汚いよ？　ねぇメリエル」

「はい。雨の日の野良犬のようです」

「のら……っ！」

若くてかわいいメリエルに言われて、余計にダメージを受けたみたいなので、ボクがフォローに入る。

「ごめんね、ベディ。メリエルはとっても口が悪いんだ。でもメリエルはベディに親しみを込めて正直な気持ちと言葉で接してくれてるって考えたら、むしろ嬉しくない？」

かわいい女の子に親しみを持って接されるなんて、いい事でしかないよね。

「いや、さっき会ったばっかの初対面ですけど」

そうだね、これから一緒に働く同僚が気が合うみたいでボクも嬉しいよ！

「そ……そんな濡《ぬ》れた野良犬みたいな臭《にお》いがします、か……？」

「ああ、そこまでじゃないよ。ちょっと動物っぽい感じはするけど。メリエルが言ったのは、臭いじゃなくて、何て言うかな、小汚さだよ」

「こぎ……っ！」

最初に戻っちゃった。

うーん、何て言ったらいいんだろう。明らかに身だしなみに気を遣ってない感じが出すぎてるって言うか、人に会う事を前提の生活をしてないんじゃない？って感じ。野性味って言うのかな？間に合わせの新品の防具の下のシャツやズボンは裾《すそ》が汚れているし、ほつれている。肌も乾燥して見えるし、髪は言わずもがなボサボサ。目元まで覆《おお》っちゃってるけど、ちゃんと見えてるのかな？

あとやっぱりひげ。無精ひげが本当に小汚く見える。

ボクは将来幸せな家庭を築くため、何をしたら良いかこの三日間ずっと考えてたんだ。

容姿的には、王子の中ではダントツ地味なボクだけど、夢の中のイケメンたちを思い出して思ったんだ。

イケメンって、半数くらいは雰囲気だよねって！

夢の中の世界のあのイケメンばかりの謎《なぞ》の組織でも、一人をじーっと見たら、あれ？そうでもない？　て人がチラホラいたりする。ううん、そういう人を否定してるんじゃないよ？　この物語は実在する人物組織とは何の関係もないよ？

そもそも百人いたら百人が好きな顔なんてないし、どこに魅力を感じるかは人それぞれなわけだしさ。つまり言いたいのはさ、モテるために一番大事な事って『清潔感』だって事。だからボクは朝起きてお顔を洗うのだって、寝癖を直すのだって自分で出来るようになったんだ！　まだ顔を洗った後びしょびしょにしちゃうんだけど。

「ベディは護衛とかになりたかったのに、身だしなみを気にしなかったの？」

「そんな暇あったら、素振りの一つでもして強くなった方がいいでしょう。…………それに、故郷では男前だって言われてたし」

あ〜故郷ではイケメン！　分かるぅ、ボクと同じだね！　でも世界は広いんだよ！

あと文化の違いもありそうだけど、まぁそれは置いておこう。

「ここは王都だし、護衛に付くなら上流階級の人の傍《そば》にいるんだから、身だしなみをまず整えなきゃ」

大事な国の式典とか、高級なお店とかにも付いて行くんだよ？　その恰好で？

ボクはみそっかす王子だから、ちゃんとしてなきゃ余計に色々言われちゃう可能性が高いんだからさ。

「まずはベディを洗おうか。メリエル、湯あみの準備をして。あとハサミとカミソリも」

「はい、リエト様。外から持ち込んだ動物はまず洗うのが基本でございます」

その理屈だと、まずは母様がベディを洗わなきゃいけなかったね。

「やっぱり野良犬だと思ってません……？」

✦ ♛ ✦

翌日、なんとお父様がこっちの棟で夕食を取るとのお触れが来た。側妃とその王子たちとの夕食会って訳だ。ボクが死にかけてからの生還を一応祝うって事らしい。

母様は朝からご機嫌で、何を着よう髪はどうしよう爪《つめ》も肌も香水もって大はしゃぎだ。ボクの生還祝いで来てくれるっていうのも嬉しいみたいだけど、多分そういう名目で側妃全体へのご機嫌伺いもあるんだと思うよ。

でもそんな事を言って母様のご機嫌に水を差すのは、無粋な男のする事だ。ボクは未来のお嫁さんにとって、素敵な旦那さんになるんだからね。そんな事は胸にしまっておくんだ。

あとボクの生還祝いに、ボクを殺そうとした最有力容疑者が来るっていうのも面白《おもしろ》いよね。

「全く面白くありません」

「そうかな？　シュールコントみたいで面白くない？」

「シュールコントとは何ですか？　あと動かないでください」

ああ、シュールコントは夢の世界の言葉だったか。

そして今ボクは、メリエルによって夕食会への身だしなみの最終仕上げをされていた。と言っても、母様みたいに結う髪も磨く爪もないから、服を着替えて髪を梳《す》いているくらいだけど。

準備が出来たので、食堂に向かう。母様は準備が長引いてるみたいなので、先に行っちゃえ。

食堂に入ると、ボクが一番乗りだったみたいなので、大人しく末席に座る。

お父様と側妃たちのシュールコントはともかく、お父様が来るってことは、ごはんがいつもより豪華だよね？　たのしみ〜。

まだ見ぬご飯に思いを寄せていたので、入り口から人が入ってきたのに気付かなかった。

「あら、どこの田舎の子が入り込んでいるのかと思ったら、リエト王子でしたか。お元気そうで何よりですわ」

さっそく嫌味の先制パンチを繰り出したのは、第二側妃のアンネ様だった。商家生まれの新人貴族の人ね。覚えてるかな?

その後ろにいるのは、アンネ様の息子で第五王子のディートハルト兄様だ。年はボクより五才上だから、十才かな。いかにも賢そうな美少年で、アンネ様譲りの緑の髪はすこしくせっ毛だけど、それも何だか上流階級っぽい感じ。

ディートハルト兄様は、ボクをちらりと見た後はすぐに興味がなさそうに視線を外した。

ディートハルト兄様は生まれた時から王子様だけど、何せ家系は商家上がりなもので、他の者にバカにされちゃダメだってスパルタ教育を受けてるって前に聞いた。すっごくお勉強が出来るらしいけど、基本死んだ目をしてるよ! 大変だね。

「アンネ様、ディートハルト兄様、お久しぶりです。ボクは元気いっぱいです」

イスから下りてあいさつをしたタイミングで、続いて第一側妃のナターリエ様と第七王子のノエル兄様がやって来た。

天使フェイスのノエル兄様のお母様だけあって、ナターリエ様もとっても美人さんだ。隣国の公爵家のお姫様だから、母様やアンネ様と違って生まれながらの上流階級感も出てる。

「ナターリエ様、ノエル兄様こんばんは」

「ああ、生命力だけはあったのね」

「気安く兄様とか呼ぶな。お前とは生まれが違うんだよ」

あいさつに嫌味が返ってきたよ!

ナターリエ様は隣国アルダの王族の血も入ってる由緒正しきお家柄の方だからね。ノエル兄様はその思想をしっかり引き継いで、王族の血かあやしいボクの事が嫌みたい。

あいさつはしたので席に戻ると、ちょうど母様がやって来た。

「あら、田舎者は準備も遅いのね」

アンネ様の言葉に、ボクの脳内でゴングが鳴った。ファイッ！

「陛下のおいでになられるお時間には参りましたから、問題ございませんでしょう？」

「立場が分かっていないのかしら。位の低い者から来て待つのが当然でしょう？」

「それでしたら、アンネ様が最初に来られたんですよね？　何せ、爵位を賜《たま》ったのはつい最近ですもの」

アンネ様の攻撃！『押しかけ側妃がわきまえろ！』

母様の攻撃！『新参貴族がでかい顔すんな！』

両者共にそこそこダメージを受けてるぞ！

「陛下がいらっしゃる夕食会にそんなに飾り立てて、商人はやはり下品ですわね」

「あら、これは最新のドレスですのよ？　そんなのも知らないなんて、田舎に情報が届くのはやはり遅いのね」

それを下等生物を見る目で見ているナターリエ様！　さすがの貫録！　側妃内ではひとつ抜きん出てるね！

そんな側妃バトルは、お父様の側近が入ってきた事により、ピタリと止まった。

全員が席を立ち、お父様が入ってくるのを待つ。

ヴァルテ王国第三十七代目国王であるお父様の登場だ。金茶の髪を後ろに流した精悍《せいかん》な顔立ち。確か今四十五歳だったかな。威厳と上品さを備えたイケオジって感じだ。

お父様が席に着いて、ボクらもイスに座った。夕食会の始まりだ。

給仕たちが食事の用意をし始める中、お父様が一番遠い席のボクを見て声をかけてくれた。

「リエト。何ともないようで良かったな」

「はい、ありがとうございます」

三日三晩こん睡状態だったのを、何ともないって言うのかな？　まぁ元気ですけど！

お父様がボクに一番に声をかけてくれたから、母様はにっこにこだ。

そこからお父様は、ノエル兄様、ディートハルト兄様に声をかけ、続いて側妃方と話しだした。

給仕の食事の用意は、まず離れた所に用意された毒見係の元へと並べられる。それを毒見係が一口ずつ食べ、その皿がボクらに来る。同じ部屋じゃないとすり替えられたりとかして意味が無いからね。

「そういえば、今回の事でようやく毒見係を雇ったんですってね？」

正確には用意してもらえてなかったんだけど、まるで母様の不手際で雇ってなかったみたいにナターリエ様が言ってきた。言外には「大事な王子殿下に毒見も付けないなんて」という非難がありありと分かる。でもそれって王室の決定、つまりはお父様の決定だから、お父様が息子の安全を確保してなかったって非難にはならないのかな？　ならないのか。

「ああ、聞きましたわ。とても優秀で、護衛も兼任しているのですって？　よければ紹介してくださらないかしら？」

それに乗っかるアンネ様。

これはベディを公衆の面前に出して、こんなのを雇ってるなんてって言って恥をかかせたいんだな。となると、ベディの件はナターリエ様の差し金かな？

現に母様は、すでに真《ま》っ赤《か》な顔をして唇を嚙《か》み締めている。母様が動かないのなら、ボクが動かないといけないよね。

「いいですよ。ベディ！　こっちに来て皆様にごあいさつをして！」

ボクが立ち上がって毒見係のテーブルに呼び掛けると、母様は叫びそうな顔でボクの腕を摑《つか》もうとして……………止まった。

離れたテーブルから颯爽《さっそう》と歩いてきた背が高い青年は、シンプルだが仕立ての良い服と真新しい防具を身に付け、姿勢良くボクらの前に立った。

「リエト殿下の護衛兼毒見係を賜りました、ベネディクテュスと申します」

少し瞼《まぶた》が重そうだがキリリとした清潔な青年……髪を短く切り、無精ひげも全《すべ》て剃《そ》ったベディがそう言って礼をした。

食卓には、ぽかんと口を開けたナターリエ様とノエル兄様、アンネ様と母様。

えへへ、いいでしょ！

キレイに洗ったボクの護衛だよ！

ボクとメリエルはまずはベディをお風呂《ふろ》に連れて行った。ボクと母様が住む棟は、下の階には使用人が住んでいてお風呂は王族用のと使用人用のがあるんだけど、ボクと母様しか使っていないし空いているので上の王族用のお風呂にした。こっちの方が人がいないし、道具がそろってるしね。

「よ～し、キレイにするぞ～！」

「は⁉　え？　いや、水場で自分で洗ってくるんで……！」

「ダメダメ！　お湯じゃないとベディの小汚さは取れないよ！」

濡れないように腕まくりをするボクとメリエルに、一人裸に剝《む》かれたベディが焦《あせ》っているが、チャチャっと済ませちゃおう。他にもやらなきゃいけない事いっぱいあるしね。あ、一応腰布一枚だけは許してるよ。

「せめて自分で……っ！」

「あなたお一人でこの湯場を使う事は許されません。バレないうちに終わらせたいので、大人しくしといてくださいませ」

そうそう、王族用のお風呂で使用人を洗ったなんてバレたら怒られちゃうんだから。

メリエルが容赦なくお湯をぶっかけたので、ボクは髪用の香油をベディの頭に付けてワシャワシャしてみる。しかし、ベディの髪は硬くて太くて、ちっともしっとりしない。

「む〜ダメかぁ……。そうだ！　アレを使おう！」

「リエト様、それは奥様が海外から取り寄せた高級シャンプーですよ」

「うん！　ちょっとくらいバレないよ。てゆーか、ベディに普通の香油じゃ無理だもん、ひつようけいひってやつだよ」

「や、やめてくださ……っ！　ヒイッ！　甘い匂いがする！」

五才の王子と十四才のメイドに全身を洗われた立派な体格の護衛兼毒見係は、すっかりピカピカでいい匂いがするようになっていた。

「鍛錬より疲れた……」

ぐったりするベディには構わず、棟付きの執事に新しいシャツと下着を用意してもらう。これで真新しい防具とも釣り合いが取れるだろう。ちょっとあの防具も間に合わせ感すごかったから、そのうち変えたいね。

「ベディ、おヒゲは自分で剃れる？」

「……剃らなきゃいけないんスか」

「当たり前だよ。え？　もしかして似合ってると思ってる？　全然だよ？」

「メイドもだけど坊ちゃんも口悪くねぇですかい？」

悪くないよ。ボクはきちんと事実をお伝えしてるだけだもん。

「ベディの部族ではおヒゲは大事？」

そういう文化があるのかは確認は必要だよね。

「大事……と言うか、立派なひげは強さの象徴でもありやす……」

そうなんだ！　聞いておいて良かった。でも……

「りっぱなおヒゲに意味があるなら、ベディのおヒゲは小汚いだけだから剃ろうね！」

「全くでございます。大事ならば整えれば良いでしょうに」

メリエルも呆《あき》れた様子を隠そうともせずに頷いた。

「ま、まだ生え始めなんです！」

おヒゲが大事な部族なので、ヒゲディスはけっこう傷ついた様子のベディ。

「ベディっていくつなの？」

「十九です」

え！

「ボク三十歳くらいかと思ってた……」

「ええっ？」

だって顔もほとんど見えない髪型だし、猫背だったし……。まさかメリエルと五つしか変わらないなんて。

「じゃあおヒゲを生やすのはもっと年を取ってからにしよ？　今は身ぎれいさを優先して」

そんなわけで、ベディはおヒゲを泣く泣く剃って、髪も短くして前髪も上げてセットをし、何とそこそこイケメンな好青年へと変身したのだった。

そんな変身後のベディにお父様とディートハルト兄様以外はとっても驚いていた。何なら他の使用人たちも驚いていたので、ボクは『ドッキリ大成功！』の看板を掲げたい気分だった。

母様も何度もベディを見て、それからボクを見たからボクはニッコリ笑っておいた。

姿勢と言葉使いには気を付けるように言っただけの付け焼き刃だけど、なかなかの出来じゃない？と思っていたら、その後ボクは自分の甘さを知る事となった。

席に戻ったベディと他の毒見係の元に主人の食事が並べられた。

他の毒見係は、入念に色や匂いをチェックしているのに、何とベディは何の確認もせずにいきなりバグッと食べたのだ。

「⁉」

しかも一口が！　大きい‼

ちょっと待って、半分くらいになってない⁉　ボクのお肉が！

その後も各皿を大きな口でバグバグ食べたから、ボクの元にはすぐにお皿が来た。量がかなり減って………。

あっけに取られている他の毒見係を尻目《しりめ》に、ベディはボクを見てやり遂げた顔をしている。

おバカ！

食事会が終わり、お父様から退室する。

今日はまっすぐ自分のお部屋に帰られるみたい。期待していたらしい母様はじめ側妃勢はがっかりしてる。母親の女の部分をあからさまに見るのって微妙な気分だね。

お父様とそのお付きの人たちがいなくなったから、ボクもお部屋に帰ろうとしてたら、ノエルお兄様がボクの方にやって来た。ボクの後ろに控えているベディをチラリと見る。

「別のを用意したのか……？」

ノエル兄様はベディの変身前の姿を見た事があるみたい。

「ううん、ちがいますよ。キレイに洗いました！」

「洗った？」

訝《いぶか》し気にするノエル兄様と、話を聞いているらしいナターリエ様とアンネ様にも聞こえるようにボクは得意気に頷いた。

「はい、ボクも手伝ったんですよ。髪の毛をワシャワシャ〜って」

「は？　お前が洗ったのか？」

「はい！　キレイに洗えてるでしょう？」

母様の高級シャンプーを使ったのは秘密だけど、あの剛毛をふわっとするまで仕上げたのはなかなかの成果だと思う。ボクってばトリマーの才能あるかも！って胸を張ったら、すごい顔をしかめられた。後ろからベディの「ぼっちゃ……やめて……」て消え入りそうな声も聞こえた。

「使用人を主人が洗うなんて、頭がおかしいんじゃないのかお前」

まぁ王族ともなればお風呂も基本使用人任せだもんね。ボクはメリエルしかいないし、メリエルには自分で洗えるようになってくださったら私が楽なんですけどって堂々と言われて、頭以外は自分で洗えるようになったけど。

「使用人と風呂に入るなんて、さすが恥知らずの家系ですわね」

ええっ？

五才の男の子が、十九歳の男の使用人の頭を洗っただけで、そっちに持ってく？　アンネ様の言葉に、ボクはビックリした。それにボクは服を着てましたけど。と言うか、五才と七才と十才の子供がいる前で、そういう話もしちゃうんだ。そっちの方が大分はしたないと思うけど、アンネ様もナターリエ様もとにかく母様の押しかけが気に食わないみたい。お二人とも、お父様が避暑地で羽目を外して母様に手を出した時って、すでに側妃入りしてるからね。

それで言うと、お妃様も側妃も連れずにバカンスに行って現地で母様に手を出したお父様こそが……って感じだけどね！　浮気《うわき》する気満々な上に、当時三十九歳のお父様と十五歳の母様。夢の中の世界で言うなら、クソロリコン淫行野郎だね！

ヒートアップしてきた側妃バトルに巻き込まれると長くなるし、元の原因？はボクみたいだから、注目されないのをいい事に、メリエルとベディとこっそり退散した。

ベディにはお説教しなきゃいけないし。

「で、どういう事なのベディ？」

ボクの部屋で、ボクはイスに座って精一杯えらそうに見えるようにベディに詰問をする。何でも最初が肝心だからね。

「何か失礼がありましたか?」

姿勢と言葉使いの事を言われたと思ってるベディが気をつけの姿勢で不安そうな顔をしているが、そっちじゃないよ。

「毒見の方だよ! 何であんなすぐ食べるの? 毒見って何か知ってる? 危ないでしょ! あと一口が大きい!!」

せっかくのお父様との会食でいつもよりいいお肉だったのに、全然足りなかったよ!

ボクが一生懸命怒っているのに、ベディはちょっと重そうな奥二重の目をパチパチさせてる。

「え? 毒見って、先に食べて毒が入ってないか確認する事ですよね?」

何か違うのかって言いたげなベディに、ボクは呆れてしまう。

「そうだけど、その前に見るでしょ? 匂いを嗅ぐでしょ? なんですぐ食べちゃうの!」

「え? 何で?」

「毒見役は、毒に耐性が強いのもですが、毒に詳しい者が選ばれます。なぜなら、食べる前に毒が入っているか見抜く事も大事だからです」

ボクが言いたい事が全く分かっていないベディに、メリエルが助け船を出してくれた。が、ベディはそれでも首を傾げている。

「いや、そんな事しなくても食べたら分かるだろ。早く食べた方が、坊ちゃんもあたたかいうちに食えて良いでしょ？」

おバカ！

「それだとベディが毒にあたっちゃうでしょうが！」

あと会食の時にボクだけ早く料理が運ばれても、皆そろわないと食べられないし！

「いや、俺は大概の毒には耐性を持ってるから平気ですけど」

「そうじゃなくて〜〜〜〜!!」

もう！　全然分かってない！　ダメだこいつ！

ベディには他の毒見係をよく見て勉強するようにメリエルからもたくさん言ってもらったけど、結局ベディがその日理解したのは「一口は小さめに」だけだった。も〜〜〜!!

二 ✦ 転生王子、温室に居座る

このままじゃダメだとボクは翌日、王宮内の温室に向かった。

ベディは毒に耐性を持っている自分に絶対の自信があるのか、全く毒に対する警戒心が無い。このままではボクはせっかく得た毒見係も護衛もすぐに失ってしまう。ベディにいくら言っても無駄なら、ボクが詳しくなるしかない。そんなわけで、まずは王宮内で毒を手に入れようとしたらここしかないって温室に向かったわけだ。

植物園と併設された温室には、色んな植物が育てられていて、日当たりも良いし温度も管理されていてポカポカだ。と言っても、主棟に近い所にあるので今まではあんまり来た事がなかったけど。ベディはお城の使用人部屋にお引っ越し、メリエルは色んな雑務で忙しいから、ボクは一人で温室に入った。

「わぁ」

気温が管理されているせいで、外のお庭で咲いているのよりも色とりどりで変わった形をした植物がたくさんあった。未来のお嫁さんのために、お花にも詳しくなるべきかな。お花が嫌いな女の子なんていないもんね。そう思いながら、まずは毒の把握だとペンと紙を取り出し、図鑑を見ながら毒草を確認していく。思ってたよりたくさんあるな〜。

これは食べたらお腹《なか》を下しちゃう草。特徴は、青色の花とギザギザの葉っぱ。

「あ、そうだ」

毒にあたった時に効果の強い毒消しも調べとかないと！

ボクが持ってきた図鑑には、それは載ってなかったので、あとでもう一回図書室に行こう。

「誰《だれ》かいるのか？」

さっきの独り言が聞こえたみたいで、どこかから声をかけられ、立ち上がる。小さいボクが更にしゃがんでいたせいで、相手からはボクが見えなかったみたい。でも周囲は背の高い植物も多く、立っても相手からはボクが見えないみたい。ボクからは見えているんだけどね。

ヴァルテ王国の人間は白い肌が多く、ボクや母様みたいな東側の田舎の人間は少し黄みがかった肌になるが、それとも違う小麦色の滑らかな肌に、光が当たり蒼《あお》く輝く銀の長い髪に海のように鮮やかな碧《あお》い目。

第一王子、フィレデルス兄様その人が、そこに立っていた。


ここで第二妃のエデルミラ様と故郷のお国の説明をちょっとするね。

エデルミラ様がお生まれになったエステリバリ国は、ヴァルテ国より南東に浮かぶ小さな島国だ。島国のせいか、独特の文化が発展している上に、お船を作ったり操縦したりするのがとっても上手で、どんな荒海も越える技術で近隣諸国の海運事業を牛耳っている。つまり、とーってても珍しくて、強くてお金持ちの国なのだ。

エデルミラ様はそこの現王の第三王女様だった。生まれた時からお父様への嫁入りが決まっていた方なんだけど、持ち前の積極性でお父様のハートもガッチリキャッチして初めての御子を産んだアグレッシブな方だ。

見た目はクールな女性なんだけどね、高貴な生まれの方特有の気品と同時に、お国柄なのかその瞳《ひとみ》には力強さが溢《あふ》れているって方っていうのがボクの感想。

強い女性もいいよね！　頼もしくて素敵だと思う！

で、ボクを見下ろす瞳に何の感情も載せていなくて、ガラス玉みたいになっちゃってるのがそのヴァルテ国待望の第一子にして第一王子、フィレデルス兄様。

フィレデルス兄様は、やっと生まれた第一王子なもんで、ヴァルテ国の、いやエデルミラ様のお国、エステリバリも含めてそれはもう期待の星だった。フィレデルスって、エステリバリでは『一番輝く星』って意味なんだって。

名前の通り、フィレデルス兄様は次期国王として、物心つく前から英才教育を受けた。

でも二年後第三妃のマルガレータ様が御子を産んで、ちょっと雲行きがあやしくなった。

第二妃のエデルミラ様の方が立場は上だけど、やっぱり他の国よりも自分の国の純血の方が王様が良いって人が結構いたんだ。自分らで他国からお嫁さん呼んどいて、勝手な話だよね。

王宮内は、他国とのハーフの第一王子ｖｓヴァルテ国純血の第二王子で分かれたらしい。

それで、あれだよ。

純ヴァルテ産正妃の御子である第三王子、爆誕。

しかしエデルミラ様も負けじと（？）同年に第四王子を出産。

こうして、王位継承権第一位の第三王子と同年に異母兄弟の第四王子という図が出来た。周囲の目はもちろんこの二人の王子のどちらが優秀かって比べまくるよね。

さて問題です。

以上の事で、一番割を食ったのは誰でしょう？

答え、四才まで次期国王として英才教育を詰め込まれてたのに、第三王子が生まれた途端にその座を引きずり降ろされ、両親も周囲の関心も弟に持って行かれたフィレデルス兄様でーす！

まぁフィレデルス兄様がどう思っているのかは、フィレデルス兄様にしか分からないけどね。

ちなみに同じくどっちが王位を継ぐかって一部に持て囃《はや》されてた第二王子はそこそこグレたよ！

逆にフィレデルス兄様はね、何だろう？　とっても静かな人。ボクも一言二言しか話した事がない。エデルミラ様譲りの異国情緒のある肌と髪は、どこか妖しい美しさがあって、とってもミステリアスな雰囲気。

あ、ちなみにフィレデルス兄様は今十七歳だから来年アカデミー卒業だね。何で全寮制のアカデミーの学生が王宮内にいるかっていうと、今が長期休暇だからだね！　帰ってきていたのは知ってたけど、ほとんど接点がないから久しぶりに見たよ。

まぁまずはごあいさつだよね。

ボクはフィレデルス兄様に見えるように、植え込みをくぐってフィレデルス兄様の足元に出た。

「フィレデルス兄様、お久しぶりです」

「っ！」

フィレデルス兄様はちょっとビックリしたみたいで、目を見開いた後、一瞬宿った感情をまた消してボクを見下ろした。

「リエト……お前だったのか。誰の許可を得て入ってきた？」

え！　温室って許可がなきゃ入っちゃいけなかったの？

中庭で見回りしている兵士さんたちも何も言ってなかったけど……。これが正妃様の個人的な温室とかなら話は別だけど、ここは王族の人なら誰でも出入り自由のはずなんだけど。

「だれの許可がいりましたか？」

「私だ。私がいる時は別の場所に行け」

えー！　じゃあ誰の許可でもダメじゃん！　フィレデルス兄様が中にいたら！

え、これトンチ？　トンチの話だった？『このはしわたるべからず』の『はし』は『橋』じゃなくて『端』でしょとかいう。あれ何でひらがなで書いたのかな？　最初から端じゃなかったら渡って良いよってメッセージだったのかな？　それなら……

「そ、そもさん？」

「何を言っている」

違った！　トンチ合戦の誘いじゃなかった！

「うぅ……でもフィレデルス兄様、ボクもこの温室にご用があるんです」

兄様が一人になりたいって言っても、ここは公共の場だし、ここの温室に一番毒草が多いからボクはしばらく通わなきゃ。

「温室に用？　どんな」

「この王宮内にある毒草について調べるんです」

「毒草……？　そんなもの調べてどうする。誰かに盛るのか」

ちがいますー！

盛られたんですー！

この様子、どうやらフィレデルス兄様はボクが毒を盛られて先週まで生死の境をさまよっていた事も知らないみたい。本塔の方々は本当にボクに興味が無いのが分かるよねぇ。

「ちがいます、予防です。フィレデルス兄様のおジャマはしませんから、温室内で調べていていいですか？」

「いるだけで邪魔だ」

あ、そういう事言う？

「ボクが声を上げるまで、ボクの事気付かなかったじゃないですか」

それなのに、いるだけでジャマっておかしいよね～。

「…………」

黙っちゃった。

「なるべく静かにしていますから、ダメですか？」

フィレデルス兄様がいない時間に来ればいいんだけど、この感じ、この人ずっといるような気がする。他に気が休まる所がないのかも。

でもボクもボクとベディの命が懸かってるからね！　引けないよ！

それもこれもベディがおバカなせいなんだけどね！

でもボクにとって今後現れないかもしれない貴重な護衛兼毒見係なので、大事にするよ。

「…………勝手にしろ」

フィレデルス兄様はそれだけ言って、またテラスに戻って行かれた。

やったー、思ったよりも簡単に許してもらえた！

「ありがとうございます！」


図鑑とメモした紙を持って温室から帰ろうとしていたら、前から廊下の真ん中をどうどうと歩く集団がやって来た。おりしも別棟への廊下はそこを通らないといけないし、何よりも集団の先頭を歩く人とバッチリ目が合っちゃってるから隠れるわけにもいかず、ボクは廊下の端に避《よ》け、礼をした。

「顔を上げろ」

声変わりが始まったばかりの、まだ高さがところどころに残る少年の声に、ボクは顔を上げる。

艶《つや》やかな黒髪に、パイナップルみたいな黄色い瞳は切れ長で、キリリと整った顔立ち。それに加え全身から自信が溢れているその人こそ、第三王子にして王位継承権第一位である、オリヴィエー

ロ兄様だった。まさかフィレデルス兄様に続いて、二人も主塔の兄様に会うとは思ってもみなかった。

オリヴィエーロ兄様は、さっきも言った通り待望の正妃の御子で、なおかつ同年に異母兄弟がいるので常に競い合いを強《し》いられている大変なお立場だ。

噂《うわさ》に聞く限りでは、文武両道で模範的に優秀な方で、周囲からも次期国王にふさわしいとの太鼓判を押されている。と同時に、対立勢力からは面白《おもしろ》みのない、真面目《まじめ》すぎると粗探しのような意見があるが、つまり総合すると〝真面目な優等生〟だ。

それでも次期国王として、こうして血がつながっているかどうかもあやしい弟にも声をかけてくれるくらいには頑張ってる。

「死にかけたと聞いていたが、元気そうだな」

「はい。ご心配ありがとうございます」

ボクが死にかけていたのもちゃんと把握しているみたい。さすが次期国王確実と言われてるオリヴィエーロ兄様。どうでもいいけど、後ろの護衛の人と、兄様と同年代らしき側近の方に睨《にら》むの止めてもらっていいかな？

「こちらで見るなど珍しいな。何の用だ？」

「あ、はい。温室で植物を見ていました」

「温室？　あそこは……」

オリヴィエーロ兄様が何か言いかけたその時、

「あ！　いたいた、坊ちゃーん！」

ウソでしょ、ボクの視界、次期国王の兄様の向こう側にうちの護衛が手を振って走ってきてるのが見えるよ。


そもそもの話、ベディがどこから連れて来られたかって事も説明しなきゃいけないんだけど、そうすると軍部の話もしなくちゃいけなくなるから、とってもややこしい。

ヴァルテ王国の軍部は大きく分けて二つに分かれている。青《アスール》軍と赤《ルベル》軍。そこからまた細かく色々分かれているんだけど、簡単に言うとアスールが騎士団でルベルが兵士団かな。

騎士って言うのは、何か叙勲を受けた兵士の事なんだけど、まぁ正直貴族出はほぼ騎士になっている。アカデミーを出て入団したら、簡単な試験ですぐなれちゃうんだって。

で、もちろん貴族が多いし学卒だから要人警護なんかにもよく付く。

逆に学校を出ていなくても軍に入る事は出来る。それだとルベルから始まる。ルベルから騎士になれる人も極少数だけどいるし、騎士にならなくても武勲を上げる人もいる。

もう分かったと思うけど、クバラから出てきて軍に入ったベディはもちろんルベルだ。しかも話を聞くに、ルベルでも下の方の部隊にいたみたいだから……つまり、王宮について何も知らなかったのだ。

二日の付き合いだけど、ベディの事だから事前に勉強するなんて事はしなかったんだろうと簡単に予想がつく。ボクの事をちゃんと把握していただけでもえらいかもしれない。

今日は一日お休みをあげたつもりだったんだけど、ベディは早々に兵舎からボクの使用人部屋への引っ越しを済ませて、ボクの所に飛んできてくれたのだろう。護衛の鑑である。

ここが本棟で、王位継承権一位のオリヴィエーロ兄様とその取り巻きがいなければね！

王様であるお父様と正室のご夫人、そして正統な王子様たちが暮らす建物に、側妃の子の護衛が、王太子にあいさつもなく、走ってくる………ボクが護衛を持てたのは二日でした。貴重な体験だったよ、ありがとうベディ………――――って、そうなってたまるか！

ボクは殺気立つ兄様のお取り巻きの隙をついて、相変わらず手を振って駆けてくるベディに向かって走り出した。

「ベディ――――！」

ガシィッ！

ボクはベディに弾丸のごとくに飛びついた。

自分でもなかなかの勢いだったと思ったが、ベディはビクともせずにボクを受け止めてくれた。

「坊ちゃん？」

ボクが急に飛びついてきてビックリしたみたいだけど、そんなのに構ってるヒマはないよ！

「よかったぁ！　ボク迷子になっちゃって、心細かった～！　ベディ探してくれてたんだね！」

「え？　いや……」

いやじゃないの！　お返事！

「ね⁉」

「は、はい」

よし！

ボクはベディにしがみついたまま、顔をしかめている側近たちに囲まれた兄様にぺこりと頭を下げた。

「ごめんなさい、オリヴィエーロ兄様。本棟に来ることがあんまりないから、迷子になってとりみだしてしまいました」

ボクの言葉に、ようやくここにいるのが王太子殿下である事に気付いたベディの体が固まる。

「ああ……。迎えが来て良かったな。もう行っていいぞ」

オリヴィエーロ兄様もボクが言いたい事が分かったみたいで、頷《うなず》いてくれた。ほらベディ！　早く行って！　あっ、ちゃんと礼をしてから！


「第八王子を初めて見ましたが、騒がしい子供でしたね」

「全く、オリヴィエーロ様が同じ年の頃にはもっと落ち着いておりました」

「生まれも田舎で位も低く教育レベルも違うのだから、あんなものだろう」

「臣下も礼儀のなっていない男だったな。どこの騎士団の者だ？」

「あれはルベルの兵士ですよ」

「ルベルの？　王族の護衛がルベルの者なのか？」

「まぁ第八王子ですから、それで十分なのでしょう」

違いない、と笑い合いながらも自分の顔色を窺《うかが》う側近たちに、オリヴィエーロは心の中だけで嘆息し、笑ってみせた。

「私には優秀なお前たちが付いていてくれているから、誇らしいよ」

必死に護衛を庇《かば》おうとした弟の姿を思い出しながら、オリヴィエーロは目の前の臣下たちの姿を透明の壁越しに眺めた。


「という訳で、ベディにはまず王宮内の事をちゃんと勉強してもらいます」

正座をしたベディの前に、ボクはなるべく怖そうに見えるように腕組みをしてふんぞり返った。

後ろにはメリエルが資料を持って控えている。

「で、でも俺《おれ》の仕事は坊ちゃんの護衛と毒見で……」

「護衛の仕事をする前に不敬罪でクビかしばり首になっちゃうかもしれないでしょ！」

「しばり……⁉」

ビックリするベディにボクがビックリするよ！　ここ王宮なんだよ⁉

「さっきのは第三王子のオリヴィエーロ兄様で、次期国王なんだよ？　オリヴィエーロ兄様の周りの人たちは熱狂的な信者が多くて、過激派が多いんだから、ベディなんてすぐ牢屋《ろうや》行きになっちゃうの！」

思うにベディは未開の地とされるクバラ育ちだから、あんまり国の恩恵も受けていないし王族にも関《かか》わりが無かったのかも。でも十五歳で王都に来たらしいから、四年も軍部にいたら感じそうだと思ったんだけど、ベディがいたのは、ルベル軍の中でも国内の辺境の探索なんかを主体とする第十五部隊だって聞いて納得。辺境出身だからと配属されたらしいけど、何という適材適所。そりゃ王都にいる期間も短くて、あの容姿のままでも何も言われないよね。

正直そっちが天職だと思うけど、本人の希望は王都勤務だし、ボクもせっかく手に入れた護衛も毒見係も手放したくない。第十五部隊の人たちには悪いけど、ボクはベディを返すつもりはないよ！

「それには勉強だよ！　正直ベディには足りない所が多すぎるよ！」

多分それこそがボクに対する嫌がらせなんだろうけど、ボクはあきらめない。

「全くでございます。王宮内の勢力図と配置図を頭に入れるまでは、この棟から出るのも控えてくださいませ」

「護衛なのに？」

すっごく驚いてるけど、その護衛に必須の項目が足りていないんだから、今のままでは護衛の仕事なんてさせられない。

「うん、早く護衛になれるようにがんばろうね」

「上から護衛に任命されているはずなのに、対象に認められないって……」

「それだけあなたが足りていないのです。自覚して猛省して精進なさいませ」

「メリエル、ベディが護衛に足りていないのはベディのせいじゃなくて、足りていない人を選んだ人のせいだからベディを責めないであげて」

「全然フォローになってないっす、坊ちゃん……」

という訳で、ベディはしばらくは王宮の常識を学ぶとして、ボクは毒の勉強を続けることにした。

「え、坊ちゃんも別棟にいるんじゃないんですか？」

「大きな図書館も温室もここにはないからねー」

「危ないんじゃ……」

今までも護衛はいなかったし、城内では他の兄様たちも結構自由に動いているから平気だよ。でもそう思うなら……

「早く護衛になってね、ベディ」

「うう……はい、頑張ります」

✦ ♛ ✦

さあ、お勉強の時間だよ！

と言っても、ベディのお勉強とは別の、ボクのね。毒殺未遂からお休みしていた家庭教師によるお勉強の時間が復活したんだ。

前にもチラっと言ったと思うけど、この国の貴族の子は十二才から全寮制のアカデミーに入る。

あ、平民でも裕福な家庭の子も入るよ。貴族限定、て訳ではないんだ。

じゃあ何で裕福な家庭の子だけなのかって言うと、十二才までに家庭教師による基礎的な勉強をしておく事が前提だからだ。だから基本家庭教師を雇える家庭の子しか入れない。夢の中の世界で言うなら、小学校っていうのをすっ飛ばして中学校からスタートなのだ。小学校で習うような事は全部分かってないと無理っていう。それだとお金に余裕がない貴族や平民は全く学校に行かないのかって話になるけど、そうではない。そういった平民向けの学校もある。ただ、平民となると家の手伝いをしなきゃいけない子も多いからどうしても授業時間も内容も落ちる。授業料もその分安いんだけど。

学校は八才から十二才までで、アカデミーが十二才から十八歳まで。

つまり家庭教師を雇う余裕のない貴族も、学校に通って頑張れば、何とかアカデミーに入学出来る程度の学力は身に付く。死ぬ気でやればね。

学校もだけど、アカデミーも将来の国を支える者の育成って事で、国から補助金が出る。これが貴族だとちょっと多いので、家庭教師は雇えなくても何とか払える貴族も出てくるって訳。

話をアカデミーに戻すと、アカデミーが全寮制なのは社交性を磨くためと将来につながる人脈作りってのも重要視されているかららしいよ。小さな社交界とも呼ばれているんだって。

そんでもって、十五歳からは学部分けがされていて、それが将来の職業にも直結する。学部は『文官コース』と『騎士コース』、それから土地持ちの貴族やボクみたいな王族向けの『領主コース』がある。ここで同じ進路の者同士の交流も深めろってのもあるのね。

でも将来が変わる事は多々あるだろうから、コースを掛け持ちする事も出来るんだ。

たとえばフィレデルス兄様は文官コースと領主コースを掛け持ちしているし、オリヴィエーロ兄様にいたっては、三つのコース全部を取られる予定らしい。オリヴィエーロ兄様なら大丈夫だと思うけど、同い年の第四王子も同じように取らされるんだろうなというのは簡単に予想がつく。予想がつくが……あの人ちょっと脳筋寄りだから、文官コースは無理なんじゃないかな……。

まぁまだまだ先の事だし、ボクには関係ない話だからどうでもいいんだけどね！

で、家庭教師の話に戻るんだけど、つまりアカデミー入学までの学習は家庭教師に懸かっているんだ。それによってうちの権力争い兄弟には、それぞれ選《え》りすぐりの家庭教師が付けられている。オリヴィエーロ兄様なんかは五人付いているらしいし、第二、第三妃陣営も負けていないし、アンネ様もお金に物を言わせてディートハルト兄様に三人の家庭教師を付けているらしい。

ボク？　もう分かるよね。


「さあリエト王子、問題集は出来ましたか？」

ウェーブのかかった白髪交じりの髪を払いながら面倒くさそうにボクを見下ろすこの人こそ、ボクの唯一の家庭教師であるマチェイ先生だ。

「はい先生。ここが分かりません」

ボクが質問すると、マチェイ先生は大げさなため息を吐《つ》いた。

「こんな問題も分からないのですか。ディートハルト王子でしたら数秒で解かれる問題ですよ？」

「でも先生、ボクこれまだ習ってないと思うんですが……」

「そんなものは本を読んでご自分で学びなさい」

そう言うと、マチェイ先生は再び大げさなため息を吐き、首を振った。

「ああ、何が悲しくてこんな出世に関係ない末王子の家庭教師になどなったんでしょう……。私はアカデミーを首席で卒業したのに、誰もかれも見る目がない。やっと王子の家庭教師の話が来たかと思ったら、出自のはっきりしない下の下の王子だという……。ああ、不幸だ……私はどうしてこんなに運が無いんだ………」

マチェイ先生は白髪交じりで疲れた顔をしているから見えないけど、年はまだ三十三歳なんだって以前聞いた覚えがある。

つまり、アカデミー首席卒業は十五年も前の話だ。

原因はそういうところじゃないかな、とボクは思う。聞くところによるとディートハルト兄様の家庭教師の先生たちは皆スパルタらしいし。それとろくに授業もせずにグチと過去の栄光の話ばっかりしているマチェイ先生じゃ比べるのもおこがましいって言うか……。あと普通に不敬罪だけど、ボクの周りの大人って大体皆こんな感じだからそれは置いておこうか。

だってうちが雇える家庭教師ってマチェイ先生くらいなんだ。

お爺様のコネを使おうにも、おじいさまのコネって軍部ばっかりだし、その流れで引っ張るとこっちの邪魔をする気満々の人しか出てこない。まだやる気はないけどウソは教えないマチェイ先生の方がマシってもんだ。

マチェイ先生は見ての通り要領が悪くて、どこの派閥にもハマれなくてはぐれ者と化していた上に、アカデミー首席卒業の過去の栄光を見てボクのおじいさまと母様が優秀だと思って声を掛けたんだよね。この辺のザル人事もうちがバカにされる所以《ゆえん》だと思う。

でもそうも言ってられないんだ。

「先生、これで合ってますか？」

ボクが再び差し出した問題集に、マチェイ先生はグチを止めてチラリと疲れた目を向け、その目を見開いた。

「……合っていますね」

やったね！　昨日メリエルに教えてもらいながら予習した甲斐があった。

「リエト王子は計算問題はお嫌いでしたが、どういう風の吹き回しですか？」

そうなんだ、ボクってあんまり勉強は得意じゃなかったし、特に計算問題とかは好きじゃなかった。でも毒殺されかかって、夢の世界を見て、幸せな家庭を持つという夢を持ってからは勉強もがんばろうって思った。

勉強は大事だ。

色んな女の子とお話しするために！

「ボク、死にかけて目標が出来たんです。たくさん勉強をしたいので、マチェイ先生ボクに勉強を教えてください」

「そ、そうですか……。まぁそういう事なら……私に出来る事なら……」

マチェイ先生はあまり人に頼られた事がないのか、しどろもどろになりながらも了承してくれた。ボクは将来誰と政略結婚するか分からないから、誰と結婚しても対応出来るようにしておかなければいけない。未来のお嫁さんにガッカリされないために！
「それで、どんな事をお勉強したいのですか？」
まずは国外に同盟の証に婿に差し出される事を考えて
「異国の言葉が勉強したいです！」

無事、マチェイ先生がちゃんと勉強を教えてくれる事になったけど、学習準備がいるっていうのでいつも通り、計算とこの国の歴史と字の勉強をした。

マチェイ先生に教えてもらうのを待つだけじゃなくて、ボクも自分で予習しようと側妃棟の図書室に向かった。まずは基礎的な事が知れればいいから、本棟の図書館まで行かなくてもいい。

他国との同盟を結ぶための婿入りだったら、やっぱり第二妃エデルミラ様の故郷の島国と隣の国あたりが可能性が高いかなと、その二国から勉強する事にした。何よりも兄様関係でその国の女の子と関わる可能性もあるからね！

その時に、自国の言葉で自国の話題を出されたら、好印象なんじゃない？　ドキっとしちゃうんじゃない？

という訳で、まずはその国の基礎的な歴史の本と、あいさつとかの簡単な会話文が載っている本を借りて自室に戻る事にした。あんまりあちこち行ってると、護衛をやらせてもらえないベディが心配するしね。薄い本だけど、四冊ともなると五才のボクには結構な重さで、よろよろと歩いていたら、前を見ていなかったので何かにぶつかってしりもちをついてしまった。

「ああ、これは失礼いたしました、リエト王子。お小さいあまりに視界に入りませんでした」

全然悪いと思っていない顔で手も貸しもせずにそう言ったのは、ノエル兄様の護衛の騎士だった。

「ううん、ボクも前をちゃんと見てなかったからごめんね」

実際に大した衝撃じゃなかったから、意図的にけがさせないようにぶつかってきたんだろうと予想出来たので、ボクはすぐに立ち上がった。

あ、それよりも本が汚れていないかな。慌てて本を拾ってたら、最後の一冊に手が届く前に違う手に持って行かれた。見上げると、ノエル兄様が隣国の会話文の本を持って眉《まゆ》をひそめていた。

「お前、アルダ語の本なんてどうするつもりだ？」

アルダっていうのは、お隣の国の名前だね。

「（女の子と）仲良くなるには、その国の言葉で話した方が良いと思って勉強を始めました」

「っ？」

アルダとは国交があるしお隣だからね。パーティとかあればあちらの国の貴族が参加する事も多いだろうから出会いも増えるだろう。まぁボクまだ五才でデビュタント前だから、パーティがあっても出られないんだけどね！　ちなみにデビュタントは八才だから、三年間で喋《しゃべ》れるようにがんばるぞ～！

「……勝手にしろ」

白い肌を赤らめたノエル兄様が、乱暴にボクに本を押し付けて、足早に去っていった。風邪でも引いているのかな？　まぁいいや。

「はい、がんばります！」

ノエル兄様の後ろ姿にそう声を掛けて、ボクも自分のお部屋に帰った。

部屋では、ボクの護衛未満が五才年下の女の子に半泣きにさせられていた。

「違います。第六王子のエアハルト様のお母上はヴァルテ国ヘルツシュプルング侯爵のご息女マルガレータ様です。アルダ国出身はご側妃のナターリエ様で、ナターリエ様は公爵家出身です。間違えたらどちらにもぶち殺されますよ」

「へ……ヘル……プディング？」

「ヘルツシュプルング侯爵です。では次に、ヘルツシュプルング侯爵家が属している派閥は
――――」

う～ん、ベディが護衛として働けるまではもう少し掛かりそうだね。一緒に頑張ろうね。

長いお名前はベディの故郷のクバラもだから慣れているかと思ったけど、そうでもないみたい。だったらみんな家名長いから大変だ。

あと第二妃のエデルミラ様の故郷のエステリバリ国にいたっては、お名前が長い人が多い上に、こちらでは馴染《なじ》みのない発音だったりするから覚えにくいんだよね。でもボクも一人でお勉強する

の飽きてきちゃった。

ボクは読んでいた本を机に置いて、イスごと振り返った。

「ねぇメリエル、ボクとも一緒にお勉強しようよ」

「リエト様がベネディクテュスさんに王宮の常識を教えるように仰《おっしゃ》られたのでしょう。それに私はメイドです。他の仕事が山ほどありまして、リエト様のお勉強に付き合う義理も義務も時間もございません」

確かに、メリエルはボクのたった一人のメイドさんだから、お仕事たくさんあるもんね。

「あっ、じゃあボクがメリエルのお仕事手伝うから、一緒にお勉強しよ！」

「何をたわけた事を仰ってるのですか。そんな事出来るわけがないでしょう」

「坊ちゃん、それはちょっと……」

ええ～、でもメリエルは自分の仕事を減らすために、ボクに身支度やお風呂《ふろ》を自分で出来るようにさせてるじゃない。他にもメリエルのお仕事を減らせる事あるんじゃない？

「大体、私がリエト様のお勉強に付き合っても意味などないでしょう」

え？　何で？

「あるよぉ。ボクが他国にお婿さんに行く時、メリエルも一緒に行くんだから言葉が分からないと大変でしょう？」

「！」

メリエルが大きな黒目を更に大きくして驚いている。

え、もしかして……

「メリエル付いてきてくれないの？　ぼ、ボク一人で他の国に行くのはちょっと不安なんだけど……」

「…………………いえ、行きます」

長い沈黙の後だけど、メリエルは返事をしてくれた。よかったぁ！

「ではベネディクテュスさんは自習をしていてください。リエト様、ご本をお借りしても？」

「うん！」

「え、ちょっ、待って！　てゆーか俺は？　坊ちゃん、俺は？」

え？　必死に追いすがってくるベディに、ボクはきょとんと首を傾《かし》げた。

「ベディもボクに付いてきてくれるの？」

「当たり前じゃねーですか！　俺は坊ちゃんの護衛兼毒見でしょ？」

護衛はまだ見習いだけどね。

うーん、でも……

「ベディは王宮で働きたいんでしょ？　ボク将来は王宮にいない可能性もあるよ？」

「え」

ボクは王家の血筋かもあやしい末王子で権力もほぼ無いからね、今後誰が政権を握るかによって、最悪王位継承権を剝奪《はくだつ》されて王室追放もあり得るんだよね。

「そうなったら、市井《しせい》に降りて生活する可能性もあるんだけど、それでも付いてくるの？」

「え……そ、そんな事あり得るんですかい？　坊ちゃんは王子なんでしょ？」

「あり得るよね、メリエル」

「そうですね……。リエト様のお爺様のオラフ男爵がお亡くなりになったりすれば、王宮内への影響もなくなり、オラフ男爵に付かれていたお味方も減り、奥様とリエト様の権力も落ちるでしょう。その後ヘルツシュプルング侯爵をはじめとする保守派が勢力を広げれば、追放は大いにあり得ますね」

そうなんだよね、今うちに味方してくれてる軍部の人たちって、男爵家にじゃなくて、おじいさま個人にお味方してくれてるだけなんだよね。でもってマルガレータ様のご実家のヘルツシュプルング家は家柄重視だからね、本当に王様の子供か疑惑のある王子なんて絶対認めないもん。

あとアンネ様の逆バージョンで、お金持ちの平民が血筋を欲しがってパターンもあるかもね。

あってもなくても厄介だね、王家の血って！

「そんな……坊ちゃんはそれでいいんですかい？」

「え？　いいよー、別に」

だってどうあがいても、結婚が出来る事は決まってるもの！

結婚相手が王族か貴族か平民かって違いだけでしょう？

それならボクは幸せな家庭を築くために全力でがんばるのみだよ！

「坊ちゃんがそう思うんでしたら……俺もそれに従います！」

「え～」

「『え～』⁉」

ベディが小綺麗《こぎれい》になって精悍《せいかん》と呼べるようになった容姿で、キリッとかっこよく言ってきたから、ボクは思わず声を上げてしまった。

「な、何でそんな不服そうなんですか⁉」

「不服ってわけじゃないけど……そっか～、ベディも付いてきてくれるのか～」

「嫌そう！」

ショックを受けて涙目になってるベディに、嫌じゃないよと声を掛ける。

「ベディも付いてきてくれるなら、二人分のお給金があげられるように稼がなきゃいけないなって思っただけだよ」

メリエルだけだったら、平民でもそこそこお金持ちのお家に婿入りするだろうから大丈夫かなと思ってたけど、ベディもってなったら護衛だしもちろん住み込みだろうから、お金足りるかなぁ。

仕方ない、将来のために今から貯金しながらもたくさん儲けられるようにお勉強をもっとがんばろう。

「うん、分かった。ベディを養えるようにボクがんばるね！　よろしくね、ベディ」

「ぼ、坊ちゃん……！　はい！　俺も坊ちゃんをお守り出来るように頑張ります‼」

「それではこちらのヴァルテ国貴族名鑑を明日までに暗記なさってきてください」

一緒にお勉強を始めようとしてた腰を折られたせいか、いつもよりも冷ややかなメリエルに分厚い本を落とされ、ベディは蛇が締められた時みたいな音を出してた。

もしもの時には、三人一緒に婿入り出来るように皆でお勉強がんばろうね！

✦ ♛ ✦

さあ！　次は生き残るためのお勉強だよ！

ボクは既に何度も通って勝手知ったる？てやつになった温室に入り、フィレデルス兄様を探す。兄様のジャマをしないように静かにするとは言ったけど、礼儀としてちゃんとごあいさつしとかなきゃだもんね。じゃないと最初の時みたいに、驚かせちゃうかもしれないし。

「フィレデルス兄様、こんにちは！」

いつものテラスの席でご本を読んでいた兄様に声を掛けると、ボクが来た事には気付いていたみたいで一度顔を上げて「ああ」とだけ答えて、また本に視線を戻された。

よし、あいさつ終わり。今日はこっちの列を見ていこう。あれから何度も通い、温室内の毒になる植物を図鑑と照らし合わせていき、同時にその解毒剤の材料になる物もあるか探した。やっぱり毒があれば解毒になる物もあった。もしも何かの事故で毒にあたっちゃったら大変だもんね。

そうやって、ノートにはびっしりとボクのつたない字でメモがされていった。

ベディはまだ王宮内のお勉強に掛かりそうだし、鍛錬も欠かしたくないらしいから時間がないもんね。それにボクがちゃんと覚えてベディに教えれば、ボクの復習にもなっていっせきにちょーかも！　それならこのメモも見やすいようにまとめた方が良いな。

あとは厨房に行って、料理にどういう風に使われているのかも直接見たいなー。お願いしたら見せてくれるかな？

「あ、これ……」

そんな事を考えながらも図鑑を見ていたら、症状の欄に覚えのある物があった。

全身の倦怠感《けんたいかん》、眩暈《めまい》、手足の痺《しび》れ、頭痛、意識混濁。

「ブラーチェク……」

ボクが盛られたのは、これな気がする。

図鑑に載っているのは、ギザギザ葉っぱのどこにでもありそうな植物だ。でも赤い小さな実がたくさんある中に、ごく少数紫の実がなる。これが毒素の固まりらしい。

「う～ん、でもここにはないなぁ」

この草を探して、温室内を二周してみたけど、見当たらない。これじゃなかったのかな？

「何を探している？」

「わっ」

急に後ろから声を掛けられて、ボクはビックリして文字通り飛び上がった。

「フィレデルス兄様……おどかさないでください」

「お前が勝手に驚いただけだろう」

兄様が話しかけてくる事自体がビックリする事なんだから、仕方ないでしょ。

「それで、何を探している？」

「兄様、読書はいいのですか？」

ジャマするなって言ってたから、兄様からボクに構う事もないと思ってた。

「お前がさっきからチョロチョロとしているのが視界に入って気が散るんだ」

「それはごめんなさい。この植物を探していました」

ボクが素直に図鑑を差し出すと、フィレデルス兄様はそれを受け取り、テラスへと持っていく。

え、待って待って！

慌てて追いかけると、兄様はいつものイスに座って、図鑑を見ていた。

「ブラーチェクか……。これは温度が低い場所に生息するから、温室には無いな」

「そうなんですね。フィレデルス兄様は植物にお詳しいんですか？」

「そうだな」

そっか、植物が好きだからいつも温室にいたんだ。あったかいからかと思ってた。

でも寒い所にしかないとなると、今の季節には手に入らないのかな。

「フィレデルス兄様、その草と同じような症状になる毒草を知りませんか？」

「ああ、それなら……このメドナも似た症状だな」

兄様が図鑑を指さすが、テラス席の机の上にある図鑑はボクからは見えない。

「兄様、見えません」

「………………」

ここにはフィレデルス兄様専用なのか、イスもテーブルも一つしかない。

無表情の兄様に向けて、ボクは思いきり両手を伸ばした。

「………」

フィレデルス兄様は無言でボクを抱き上げて、ひざに乗せてくれた。

「ありがとうございます、兄様！」

よーし、これでテーブルの上の図鑑が見れるぞ～！

「ああ……」

兄様が再び指さしてくれたのは、真《ま》っ赤《か》で綺麗《きれい》な花が咲いた植物の絵だった。

「メドナの花だ。だがメドナの毒は花ではなく、根の部分にある」

「根っこに！　フィレデルス兄様は物知りですね～」

ボクのイメージでは、植物の毒は花か実だった。まさか根っこだとは！

「………別に、大した事じゃない。それで、他に何が知りたい？」

「メドナの毒の解毒方法も知りたいです」

「ああ、それなら………」

それからしばらくの間、フィレデルス兄様のひざの上で植物講義を受けていたら、兄様付きの執事の人がボクの分のお茶も用意してくれて、ごちそうになった。

うん、やっぱり詳しい人に教わるのが一番ためになるな！

フィレデルス兄様は植物にとっても詳しくて、図鑑に書いていないような事までよく知っていて

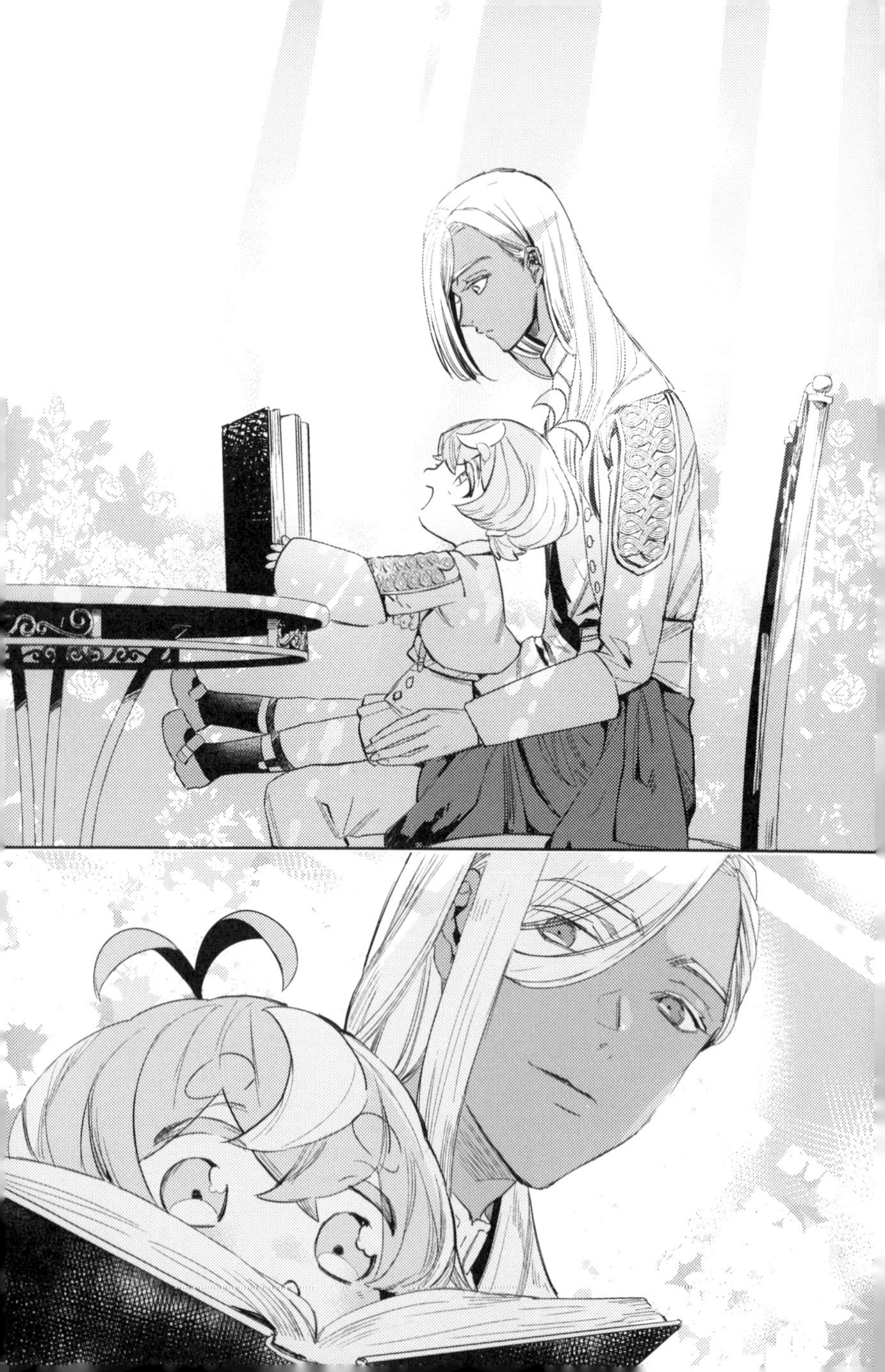

ボクは大収穫だった。

ご機嫌でお部屋に帰ろうと、フィレデルス兄様に別れを告げ、温室を出て建物に入ろうとした時、力強い腕に首根っこを摑《つか》まれ、そのまま持ち上げられた。

「わあっ！　何なに？」

賊か？　敵襲か？　ボクが目障りな夫人陣営の騎士か、側近か？

王宮内で直接的な行動に出られるとは思わなかった！

「でかい声出すな、チビ」

聞き覚えのある声にボクは少し落ち着きを取り戻し、振り回していた手を止め何とか首をひねって腕の主《あるじ》を見た。

「アルブレヒト兄様」

少し癖《くせ》のある赤茶色の髪に、エメラルドみたいな緑色の瞳をした第二王子のアルブレヒト兄様が、不機嫌そうな顔でボクを見下ろしていた。

そういえば昨日タイムリーにベディにお話ししていたヘルツシュプルング侯爵家のマルガレータ様がお母様なのが、このアルブレヒト兄様だ。

アルブレヒト兄様は、ボクよりちょうど十才上だから、今十五歳だね。

フィレデルス兄様も背は高いけど、アルブレヒト兄様はそれよりも少しガッシリしている。夢の中の世界で言うなら、運動部って感じ！　アルブレヒト兄様はアカデミーで領主コース以外に騎士コースも取っていたはず。だからボクの事も片腕で持ち上げちゃうんだね。すごい力持ちだね！

ボクも将来こんな風にたくましくなって、未来のお嫁さんに頼られたいな。

「聞いてんのかよ、チビ助」

未来の自分に思いをはせていたら、アルブレヒト兄様が苛立《いらだ》ったように顔を近付けてきた。

うーん、キレイ系のフィレデルス兄様にかわいい系のノエル兄様とも違う、カッコいい系の美少年である。やっぱりお母様方がそろいもそろって美女なだけあって、兄様たちは皆「雰囲気」じゃない正真正銘のイケメンってやつで、美幼児「風」なボクはちょっと落ち込んじゃうね。

「おい、聞いてんのかって言ってんだよ」

「あ、はい！　聞いてます！　アルブレヒト兄様、お久しぶりです」

前に会ったのは、兄様がアカデミーに行く前だから半年前だと思ってあいさつをしたら、呆《あき》れた顔をして地面に下ろされた。ちょっと遊具みたいで楽しかったので残念。

「調子狂うチビだな」

ボクの身長は年齢で考えれば標準なんだけど、ずっとチビチビ言われてて、もしかしてボクのお名前覚えていないのかな？　言った方が良いんだろうか。

「兄様、ボクの名前はリエトです」

「知ってるよ、チビ」

覚えてた。覚えてた上でのチビ呼びだった。

「お前の名前なんかどうでもいいんだよ。それよりお前、今温室から出てきただろ」

お庭から入ってすぐのこの位置からだと、温室の入り口辺りがよく見える。

「はい」

「今日だけじゃなくて、昨日も一昨日も温室に行ってたな」

「毎日見ていたんですか?」

気付かなかった。

「俺の事はいいんだよ。質問に答えろよ」

毎日見ていたんなら、もう知っているんじゃないかなぁ?

「はい、行ってました」

ボクが頷くと、知っていたはずなのに、アルブレヒト兄様は眉間にしわを寄せて変な顔をした。

何かショックを受けているようにも見える。何だろ?

「あそこはあの時間……フィレデルスの場所だろう。何でお前が入れるんだ」

え? フィレデルス兄様も最初に言っていたけど、本当にフィレデルス兄様だけの場所だったの?

「えっ! 温室って王族なら出入り自由って聞いていました! いつからそうなったんですか?」

ボクだけ知らなかったのかな。それならフィレデルス兄様にも悪い事しちゃった! 謝ったら許してくれるかな。

「ちが……っ、それは、暗黙の了解って言うか……」

「え? 違うんですか?」

「……違う。違うけど、フィレデルスの奴《やつ》が他の人間がいるのを許さないだろ。何でお前は追い出されないんだ」

「アルブレヒト兄様は追い出されたんですか？」

「なっ……！」

図星らしい。

アルブレヒト兄様は言葉が出てこないらしく、顔を真っ赤にして、とりあえずボクを睨んでいる。

でも確かにボクも追い出されそうになって、静かにするからいさせてってお願いしただけだからなぁ。ボクは温室の植物にご用があったから、初日と今日以外はあいさつしかしてないからジャマにならなかったんだと思う。アルブレヒト兄様も温室にご用があるなら、そう言ってお願いすればいいのに。

でもアルブレヒト兄様と植物……あんまり結びつかないな。アカデミーの宿題とかかな？

「アルブレヒト兄様は、温室に何のご用があるんですか？」

もしよかったら、ボクが代わりに見てきますよ、って言ったら「用なんかねぇよ」と言われた。

あれ？　でも温室に行って、フィレデルス兄様に追い出されたんだよね？　あ。

「ご用があるのは、フィレデルス兄様？」

「ぐっ……ち、ちが……」

明らかに動揺する姿に、当たりだと確信した。

でも、アルブレヒト兄様がフィレデルス兄様にご用ってなんだろう？

ここでおさらい。

第一王子のフィレデルス兄様はエステリバリ王国のお姫様である第二妃の息子。現在十七歳で、アカデミーでは領主コースと文官コースを選択。

対して、第二王子のアルブレヒト兄様は、家柄主義のヘルツシュプルング侯爵家の娘である第三妃の息子。現在十五歳で、アカデミーでは領主コースと騎士コースを選択。

年齢もアカデミーでの授業も、派閥も違う二人。ついでに言うならタイプも全然違う。

物静かで無表情でミステリアスな美人系のフィレデルス兄様。

常に不機嫌そうでちょっとグレてる男前系のアルブレヒト兄様。

共通点がなさすぎる。

あ、一つだけ。

『第三王子が生まれて、王位継承権順位が下がった』くらいかな。

「何でお前だけ……」

そういえば、アルブレヒト兄様から見たらフィレデルス兄様は唯一の兄様だ。

ボクみたいに血がつながってるかどうかもあやしい兄弟ではなく、母様は違っても正真正銘の兄弟だから、もしかしたら兄弟同士では仲良くしたかったりするのかも。

「アルブレヒト兄様、フィレデルス兄様はご本の話や植物のお話でしたら聞いてくれるかもしれませんよ」

なんて、ボクも今日初めてまともに会話しただけなのに、ちょっとアドバイスなんてしてみる。

アルブレヒト兄様は嫌そうな顔をしている。何でさ！

「植物なんて興味ねぇよ」

えー！　相手に合わす気もないのに仲良くなろうとしてるの？　無理じゃない？

ボクは未来のお嫁さんの話には何だって合わせられるようになるよ！

「それじゃあ仲良くなるのは難しいですよ……」

思わず本音で答えちゃったら、アルブレヒト兄様はこう言うんだ。

「別に仲良くなりたい訳じゃねーよ！」

ボク知ってる。

これツンデレっていうやつだよね？

ところで兄様たちの通っているアカデミーの話なんだけど、前期と後期に分かれていて、その前後にひと月のお休みがあるんだ。あ、ひと月は五十五日だよ。ちょっと長いと思うけど、通っているのはほとんど貴族の子息子女だからね、お家に帰ってやる事もしっかりあるし、学習や鍛錬も家庭教師がバッチリ付いているから大丈夫なんだ。

と言っても、各家庭教師も休みの間だけ呼ばれるのも困っちゃうよね。貴族の家庭教師なんて、ほとんどががっつり身元ごと取り込まれてる。何かいけない事教えられちゃたまったものじゃないから、素行の悪い家庭教師にならないよう、お金のある貴族は住み込みで家庭教師の衣食住全部の面倒を見る。

うち？　うちはもちろん、王家だからがっつり抱え込むよ。そんでもって家庭教師同士の仲ももちろん悪いよ！

だって王子一人一人が家庭教師の成果そのものだし、雇い主の派閥に入っちゃってるから、王子も王子のバックもその家庭教師もみーんな敵《てき》って訳！　王宮内って皆ケンカしてるね。

今アカデミーに通っているのは、第一王子のフィレデルス兄様をはじめ、第四王子のラウレンス兄様まで。みんな側妃ではなく、お妃の子だから家庭教師もそのまま雇っているよ。兄様たちがアカデミーに行っている間は、学習計画を立てたり、学者として好きに研究してるんだって。だから権力争いに巻き込まれる面倒はあるけど、安定していて自由に研究出来る時間が長くて、貴族の家庭教師は学者の憧《あこが》れの職業らしい。

もちろんこの話のソースは、マチェイ先生だ。

側妃の子に王宮がそこまでお金を出してくれるか分からないけど、ノエル兄様の母様の実家は隣国の公爵家だから、プライドにかけて家庭教師を日雇いなんかにはしないだろう。そんでもって、ディートハルト兄様のお家はお勉強に命を懸けているし、お金もあるから絶対離さないだろう。

となると、お金もろくに無いし、王宮からの支援も受けられそうにないうちだけが、ボクがアカデミーに入ったら休み期間中しか雇わなくなる可能性が高いってのを、マチェイ先生はグチグチ言っている。

「ああ、私は本当に不幸だ。せめて貴族としては下級でもディートハルト様の陣営に入れていれば、研究に没頭出来たのに……」

ディートハルト兄様の所は家庭教師も複数だから、コミュニケーション能力に難ありのマチェイ先生が上手《うま》くやっていけるとは思えないけどなぁ。

「先生、そんな先の事を今から言っていても仕方ないですよ。まだあと七年もあるんですから、再就職に向けて色んな事が出来ますよ！」

「クビにする事前提に励まさないでください！」

あ、泣いちゃった。

ボクがアカデミーに入るのなんて、七年も先なのに、今から泣いてたら涙が枯れちゃうよ。そもそもボクまだ五才だから、七年なんて今の全人生よりも長くて、何でも出来ちゃう気がするけどなぁ。あの時見た夢の中でのボクは大人だったけど、夢の中の世界はぼんやりとしか思い出せないし、ノーカウントでね。

「そんなことよりマチェイ先生、アルダ語でのあいさつなんですけど……」

「そ、そんなことより…………」

ショックを受けて震えているけど、マチェイ先生今はお勉強の時間なんだよ？　ボクは八才のデビュタントまでに、アルダ語とエステリバリ語は会話出来るまでにはなりたいんだ！　出来れば他の国の言葉も！

だってその分未来のお嫁さんとの出会いが広がるもの！

「……本当に勉強熱心になりましたね。発音はたどたどしいですが、それは全部独学で学習したんですよね？」

「はい、図書室のご本で勉強しました」

メリエルとベディも一緒にお勉強してくれるから、がんばってるよ！

「その熱心さをもって、私の家庭教師としての有能さを周囲にアピールしてくれませんかね？　そうすれば雇用が延びるかも……」

え、グチばっかりでほとんどお勉強を教えてくれなかったマチェイ先生の話を周りに⁉　ダメダメ、ボクの唯一の家庭教師がいなくなっちゃう！

「それはむりです」

「無理……。まぁリエト王子のご威光ではさほど効果が無いでしょうしね……」

まぁそれもあるけどね。

でも前よりはちゃんと教えてくれるようになったマチェイ先生。

その日は語学の基礎と、計算のお勉強をした。


マチェイ先生の授業の後、アルダ国の基本的な情報が載っている本を返しに、図書室にやってきた。ヴァルテ国語で書かれている本だし基本的な事しか書かれていなかったので、思ったよりも早く読み終わった。

次は何を読もうかなと図書室内をウロウロする。ボクに読めるご本はまだ少ないから、逆に探すのが大変。これ面白《おもしろ》そうと思って中を見ても、よく分からない言葉や文法が出てくるんだもん。

これでもボクは、夢の中の世界の記憶のおかげで大人が使う言葉はけっこう知ってる方だと思うんだけど、専門的な言葉が出てきたり、貴族的な遠回しな表現が出てくるとムリ。これにも慣れていかないといけないんだけど、まずは基本からだよね！

ゆくゆくはアルダやエステリバリの文化だけじゃなくて、今の流行りも知っていきたいけどね。

ふと目に止まったのは、『世界の動物』という本だった。図鑑ではない、厚みは普通の本だからざっくり紹介している感じなのかも。

そうだ！　何も毒は植物だけじゃない、動物にもあるよね！　それにこの国にはいない動物の事とか、良い話題作りになるんじゃない？　いっせきにちょーだ！　あれにしよう！

でもでも、その本があるのは上から三段目の棚。もちろん幼児のボクが届くはずはない。図書室の管理をしている人も見当たらないし、どうやって取ればいいんだろう、と考えて、そうか普通背が低い人はお付きの人に取ってもらうんだと思い出した。メリエルもベディも忙しいから、今日もボクは一人なのだ。

「どこかに台がないかな？」

辺りを見渡すと、隅っこの方に脚立発見！　これで勝つる！　――と思ったけど、木製の脚立はすごく重くて、ボクでは持ち上げられない。どうにかこうにか引きずるが、ちょっとずつしか動かない。むう、これはベディに頼んでボクも鍛えないとだね。

あと少し～と必死に引きずっていたら、急に動かなくなった。あれ？　どこかに引っかかった？

「絨毯《じゅうたん》が傷つくから止《や》めなよ」

顔を上げて確認したら、脚立は引っかかったのではなく、人の手で押さえ込まれていた。

「ディートハルト兄様」

幼い顔立ちに、疲れた大人の目をしたディートハルト兄様が銀縁のメガネ越しにボクを見下ろしている。言われて目線を下ろすと、図書室の床は短い毛の濃い赤色の絨毯が敷かれていて、ボクが来た道を振り返ってみたら、確かに跡になっていた。

「ありゃ～」

「ありゃじゃないよ。この絨毯いくらすると思ってるの？」

王宮の図書室の絨毯だから、もちろん高級品なんだろう。さすが商人の子、ディートハルト兄様がおこだ。兄様が感情を出して喋《しゃべ》ってるのって初めて見るかも。

「ごめんなさい。読みたいご本に届かなかったから、これを使おうと思ったんだけど、全然持ち上がらなくて……」

「その背だと届かない本ばかりでしょ。脚立も持てるわけがないし。従者はどうした？」

「みんな（と言っても二人だけど）忙しいから、ボクひとりです」

答えたら、ディートハルト兄様は眉《まゆ》をひそめた。まだ十才なのに、兄様は大人みたいな表情をよくする。

「……どれが読みたいの？」

「あ、あれです。『世界の動物』！」

腕を思いきり伸ばして指さすと、ディートハルト兄様は少し背伸びをして取ってくれた。

「ありがとうございます！」

「…………動物、好きなの？」

「うーんと、動物、よりも世界の色んなものが見たいです」

正直な話、生まれてこの方動物にほとんど触れていない生活だから、好きか嫌いか分からない。

「そういえば、このあいだアルダとエステリバリの国の語学本も持って行っていたね」

どうして知っているんだろう、と思ったけどお勉強漬けのディートハルト兄様は、図書室の常連さんだ。

「はい。最近お勉強を始めたんです！」

「そんなの勉強してどうするの？」

どうするって、将来必要になるかもしれないし、そもそもの出会いを広げて未来のお嫁さん候補たちに好印象をもってもらうためだけど。うーん、何て答えたらいいんだろう？

「色んな事が知りたいです」

そうそう、未来のお嫁さんに何が必要になるか分からないし、話題に困らないように何でも知っていて損はないもんね！

「…………僕も、色んな事を知るのは好きだ」

だよねぇ！　どんな事でも知らないと知ってるじゃ、知ってる方が世界が広がるもんね！

そもそも知りたくなきゃお勉強だけなんて頑張れないもん。

「僕も、アルダ語とエステリバリ語勉強してるよ」

「さすがディートハルト兄様！」

「…………あと、ミフル語とヤントゥネン語も」

「すごい！　ミフルは分かりますけど、ヤントゥネンってどこの言葉ですか？」

「エステリバリとは反対側の島国。鉱山がたくさんあるから、ヴァルテとの貿易も盛んだよ」

ほえ～！　ディートハルト兄様って本当に博識だな！　ボクもこんな風に、未来のお嫁さんに聞かれた事にすらすら答えて尊敬されたい！

それから、しばらく、世界地図を見ながらディートハルト兄様に色んな国の特徴を教えてもらった。マチェイ先生より全然分かりやすかった。

◆ ♕ ◆

「じゃあ図書室に行ってくるねー」

今日もいつものように、朝のお勉強の時間の後に図書室に行こうとメリエルに声を掛けたら、待ったがかかった。

「坊ちゃん、今日からは俺《おれ》も一緒に行きます」

キリッと宣言してくるベディを見て、後ろのメリエルに視線を向けると、メリエルもコクリと頷《うなず》いてくれた。

「（やっと）お勉強終わったんだね、ベディ！」

「はい、（やっと）最低限の知識と礼儀を叩《たた》き込めました」

「ものすごい含みを感じますけど、はい、メリエルから合格を貰《もら》えたので、今日からお供出来ます！」

やっと護衛のお仕事が出来るとベディははりきっていた。

「良かったねー。あ、でもベディは鍛錬の時間も取りたいんだよね？」

「はい」

「あと学習も継続してください」

「げ、そうなの？」

付け加えるメリエルにベディが思い切り顔をしかめているけど、当然だよね。貴族社会は日々変化し進化していくものなんだ。流行もだけど、勢力図とかもね。何て言うんだっけ？　にっしんげっぽ、だった気がする。違ったらごめんね。

本当だったら、護衛っていうのは一人じゃなくて交代制なんだけど、ボクに複数人雇える甲斐性がない。ボクに、って言うか、うちにって言うか、まず王宮にその気がないっていうね！

「そうだね～、時間を決めて、その時間は鍛錬時間にしたらどうかな？」

「それじゃその間坊ちゃんはどうするんでさ？」

「メリエルと一緒にいるか、行き先を言っておくよ」

そもそも今までいなかったんだから、数時間くらいいないのは構わないだろうと思ったのに、メリエルからバツが出た。

「リエト様がお一人になる時間が出来てしまうのなら、護衛の意味がありません。体力しか取り柄が無いのですから、鍛錬がしたいのであればリエト様のお休み中にすれば良いのです」

「そうですよ、坊ちゃん！　護衛がいなくなる時間が決まってたら、そこを狙《ねら》われるに決まってるじゃないですか！」

あれれ、自由時間をあげるって言ってるのに、被雇用者の方からダメ出しされたぞ？

王宮内なら他の王子たちもけっこうひとりで動いてると思うんだけど、こないだ殺されかけたので警戒してるみたい。あと他の王子はひとりに見えても見えない所に護衛とか従者とかいるはずだって。確かに、温室でフィレデルス兄様ひとりだと思ってたら、どこからともなく執事が現れた事があったな。だからボクがひとりでうろちょろしてても何も言われなかったのか。ひとりに見えて、本当にひとりだった訳だけど！

結局、話し合いの結果、朝のマチェイ先生のお勉強の時間がベディの鍛錬時間になった。ボクに甲斐性がなさすぎて、ブラックな勤務になっちゃって申し訳ない。今後どうにかしていきたいね。

そんな訳で、しばらくはベディが〝護衛がいるんだぞ〟アピールをするためにずっと付いてきてくれるんだって。ベディおっきいからちょっとうっとお……ううん、何でもない。お仕事だもんね。もう小汚くなくなったし、ボクの自慢の護衛だよ、うん。

「朝はね、母様とご飯を食べて、マチェイ先生の授業を受けた後は、図書室に行ってお勉強するよ」

「勉強の後にまた勉強してたんですか」

まずはボクの最近の一日のスケジュールを紹介しておくね。

起床。

朝の身支度。

母様と朝食。

マチェイ先生の授業。

昼食。

図書室でお勉強。

温室で植物観察。

お昼寝。

母様と夕食。

メリエルとベディと復習しながらお勉強。

就寝。

「べ、勉強ばっかっすよ坊ちゃん……」

そうかな？　図書室と温室でのは、ディートハルト兄様とフィレデルス兄様が教えてくれるからお勉強になっただけだから、そんなにお勉強の意識がなかったな。

あれから温室に行くと、フィレデルス兄様はボクをテラスに呼んでお茶とお菓子を出してくれるようになった。その間は植物のお話をしてくれるんだ。

ディートハルト兄様も、大体同じ時間に図書室に行けばいてくれて、ボクに合いそうな本を選んで解説してくれる。人から教わるのは、ひとりでお勉強するよりよく分かるから助かっている。

「でもそうなんだよね。運動もしなきゃなって思ってる」

ボクももう五才だからね。そろそろ剣の鍛錬なんかも始めるべきじゃないかなって。母様はそういうの気にしないって言うか、ボクの教育そのものにあんまり関心がない人だから何も言われないんだけど。かといって軍人だったおじいさまに頼んだら、ものすごいスパルタ修行を課せられそうで怖い。ボクとしては、剣も使えて未来のお嫁さんを守れる男になりたい訳で、戦争で活躍したい訳じゃないからね。

「そうですね！　五才ともなれば、野兎《のうさぎ》から獲物をグレードアップさせる時期ですもんね！　まかせてくださいましたが坊ちゃん！　このベネディクテュスがクバラの魂に懸けて鍛えてさしあげますよ！」

あ、狩猟民族基準でもちょっと困るかな。


鍛錬の話はひとまず置いておいて、ボクとベディは図書室にやって来た。

「王宮内の図書室なんて、初めて入ります」

「静かにね」

物珍しそうにきょろきょろしているベディだけど、王宮外の図書館には行ったことがあるのだろうか？　無さそうだな～と思いながら、今日読む本を探す。

「あ……」

聞き覚えのある声に振り向くと、ディートハルト兄様がちょうど図書室に入ってきていた。

「あ、ディートハルト兄様……」

名前を呼んで駆け寄ろうとすると、兄様とボクの間に大きな影が入ってきた。

と思ったら、ボクの前にも大きな体が割り込んできた。ベディだ。

ベディと睨《にら》み合《あ》っているのは、金髪の若い男で、腰に帯剣している様からも兄様の護衛の騎士だと分かる。ボクとディートハルト兄様ふたりで話している時には出てこなかったから、今日はベディがいたから出たのか。

「ディートハルト兄様、これ、ボクの護衛のベディです。よろしくお願いします」

ベディの陰から顔だけ出して兄様に話しかけると、ディートハルト兄様は少しホッとした表情になった。

「………僕の護衛の、アードリアンです」

「アードリアン＝ヴィンケルです、王子」

金髪の騎士が、兄様の声に被《かぶ》せる様にフルネームを言った。普通だったら、立場が上の人間同士の会話で、主人の言葉に被せるように言うなんて事はあり得ない。家名もあるし、どこかで聞いた事があるから結構上の貴族の家系なんだろう。

つまりはあれだね。平民出身の側妃の子であるディートハルト兄様を、王子といえど下に見ているんだね。

でもディートハルト兄様のお家は、元平民だからこそ箔《はく》を付けようとやたらと良いものを揃《そろ》える。家庭教師しかり、護衛しかり。王の側妃の、そして王子の従者だから断りはしないけど、自分よりも位の低い血筋が半分ってだけでプライドが傷つく人種っているわけで、そのイライラを子供の兄様にぶつけている訳だ。

「あ、ごめん……」

「坊ちゃん……俺もベディじゃなくてベネディクテュスです」

ディートハルト兄様が暗い目で謝ってる前で、ベディがコソコソとボクに耳打ちしてくる。今そういう場合じゃないんだけど。

「ベディの名前は長くて覚えられないもん。じゃあ自分で自己紹介して」

今忙しいんだよって適当にあしらったつもりだったけど、ベディは神妙に頷いて、ディートハルト兄様に向き直った。

「お初にお目にかかります、ディートハルト殿下。リエト殿下の護衛を賜《たまわ》りました、ベネディクテュスと申します」

低くよく通る声でキレイな礼と共に、ベディがあいさつをした。

え！　すごい！

すごいよベディ！　成長してる！

こっちをチラチラ見ているのは減点ポイントだけど、すごく成長してる！

がんばったんだねって思いも込めて、ボクは笑顔で両手で小さく丸を作った。花丸あげちゃう！

ベディもちょっと眠そうにも見える目を輝かせて喜んでいる。しっぽがあったらブンブン振っていたに違いない表情だ。表情に出すぎなのも、減点ポイントだけど、ちょっとずつ成長していこうね。

礼をされた兄様は目を丸くして年相応の顔をしているけど、すぐに我に返って何か言おうと口を開いた。けどまたそれを遮《さえぎ》るように、兄様の護衛の騎士……何て名前だっけ？　アがついたのは覚えてるんだけど……とにかくその騎士がまた割り込んできた。

「貴様か、ルベル出の未開の地の先住民族ってのは」

うん、まぁそうなんだけど。

「少しは礼儀をわきまえているようだが、どうにも獣臭さが抜けない田舎兵士だな。そんなので王子の護衛などといった、分不相応な大役が務まるのか？」

獣臭いって言われたから、ベディはハッとしてボクを見た。大丈夫、もう臭くないよ。ただのひゆで嫌みだよ。

「ディートハルト兄様、ボクの護衛はちゃんとあいさつも出来るし、強そうでしょう？　一生懸命お勉強したんですよ。ボクも教えるの手伝ったんです」

兄様の護衛はあいさつも出来ないし、主人への礼儀もわきまえていませんね！

ボクがにこにこと話しかけると、兄様はちょっとビックリしたあと、頷いた。

「なんだ、礼儀は付け焼き刃ですか。それにしても、護衛に自ら礼儀を教えないといけないとは、リエト王子は大変ですね」

そうかな？　ボクよりもディートハルト兄様の方が大変そうだけど。

「ボクは今ディートハルト兄様とお話ししているから、ジャマしないでね」

だってこんな主人の会話に勝手に口を挟んでくる礼儀のなっていない護衛が何人もいるんでしょう？　ボクは教えたことはちゃんとしてくれるベディでよかった〜。

顔を真っ赤《まっか》にしている護衛の騎士は放っておいて、ボクは兄様に引き続き話しかけた。

「ディートハルト兄様、ボク今日は海のご本を読もうと思ってたんです。兄様のおすすめはありますか？」

「え、あ……海のどんな事が知りたいの？」

このヴァルテ国は大陸の海沿いにある国だから、海とは切っても切り離せない。だから海運国家のエステリバリとも仲良しだし、機嫌を損ねたくない。ボクも結婚するときは、近隣の海に面した国の可能性が高い。面していない国から見ても港のある国として重宝されるかもしれないから、ちゃんとお勉強しておかないと！

でも最初は海の楽しい事が知りたいな。

「うーん、海の生き物とか、どんな海があるのか知りたいです！」

「それなら……僕も君くらいの時によく読んでいた本がある。こっち……」

そう言って兄様は図鑑のコーナーにボクを案内しようとしたんだけど、それに再び金髪護衛が立ちふさがる。

「兄様の護衛は、兄様のお勉強のジャマをするのがお仕事なんですか？」

困った護衛だね。

「違います。ディートハルト王子は、ディートハルト王子の学習をなさってください」

お前の相手してるヒマなんかないんだと言うように、ボクを視線だけで見下す護衛。ディートハルト兄様を見ると、迷うようにボクと護衛を見ている。兄様が図書室に来る時間は、自由時間ではなく自主学習時間だったみたい。

「何をお勉強するかはディートハルト兄様が決めていいんでしょう？　それなら誰《だれ》かにお勉強を教えるのは、復習勉強になるよ？」

ボクもマチェイ先生に習った事や自分で本を読んで覚えた外国語を、夜にメリエルとベディに教えられるようになりたいんだけど、人に教えるって自分が完全に理解してないと出来ないから大変なんだ。ディートハルト兄様はそれを全然つっかえずにやってのけるから、本当に頭いいんだよね。

「まぁまぁ、殿下たちが仲良く勉強してんだから、いいじゃないすか。護衛は護衛同士、控えてましょうや」

空気を読んだベディが金髪護衛の肩に手を置いたが、振り払われた。読んだつもりが読めていなかったねベディ！　でもこれは相手の方が非常識だから、どんまいだよベディ！

「ルベルの田舎兵士が気安く触るなっ。貴様と私が同等な訳がないだろう！」

ここ図書室だから、静かにしないと管理者さんに怒られるよ？

まぁね、ディートハルト兄様の母様のアンネ様とボクの母様とはすっごく仲が悪いし、対立しているから近付けないように言われているのかも。平民出身の側妃と、押しかけ田舎貴族側妃という、王宮から見たら底辺の争いなんだけど、争いは争いだ。

ディートハルト兄様にご本を読んでもらうのは楽しかったしためになったんだけど、護衛がこれだけ出てきたらもう無理かな～。

ディートハルト兄様も困ってるんだろうな、と兄様を振り返ろうとしたら、すっと兄様が歩み出た。ボクと兄様の年の差は五才。身長差も三十センチ以上はあるからボクからは兄様の背中しか見えない。

「アードリアン、僕はこれからリエトと勉強をするからお前は下がっていて」

ディートハルト兄様の優しい声が、こんなにはっきりと物を言うのを聞くのは初めてだった。

「なっ……王子、私はですね……」

「聞こえなかったのか？　下がっていろと言ったんだ」

主人の命令に呆《あき》れた物言いで言い返そうとした金髪護衛……アードリアンね……だったけど、兄様はそれを許さなかった。はっきりとした声で命令をし、固まったアードリアンに背を向け、ボクに向き直った。

死んだように曇っていた兄様の茶色い目が、優しくボクをまっすぐ見た。

「さぁ、リエト。ご本を読もう」

✦ ♛ ✦

あれからディートハルト兄様とお勉強をして、ボクとベディは次の場所に向かっていた。

「ベディ、ちゃんとごあいさつも出来てたし、空気を読んで行動していてえらかったよ」

ボクが褒めると、ベディは嬉《うれ》しそうに照れている。大きな体で照れてもじもじしてるから、ちょっと気持ち悪い。

でもベディはあの後、ジャマになりそうなアードリアンを引っ張って下がってくれて、そのままジャマしないように抑えていてくれた。えらいぞベディ！

「しかし相手は王子殿下だっていうのに、あんな態度の護衛もいるんですね」

ベディの中では平民・貴族・王族の三つにしか分かれていないみたいだから、その中のぐちゃぐちゃはまだピンとこないみたい。ボクのことをみそっかすのハズレ王子だというのを知っていたのは、就任が決まったあと軍の誰かに言われたのかな。

「多分、伯爵家あたりの生まれなんじゃないかな～？　王族とはいえ、元々平民だったご側妃とその子供に仕えるのが嫌なんでしょ」

「ええ？　嫌なら受けなきゃいいでしょ」

「ふふふ、だよね～」

ベディはハッキリしていていいね。

そうなんだよね、嫌なら受けなきゃいいんだよ。王族からの指名と言っても、それこそ平民出身の側妃からだから、それなりの家柄なら断れるよ。でも王族の護衛という地位は欲しくて受けたんだろうね。なのにディートハルト兄様にあの態度。護衛の仕事は何も護衛対象の身辺警護だけじゃない。王族の護衛ともなれば、主人の名誉も守らなきゃいけないんだ。それをあの護衛は、人前で兄様を貶《おとし》めるような事ばかり言ってたからね。お仕事なんだから、受けたからにはちゃんとやってほしいよね。その点ベディは努力しているからえらいよ！

さて、次は温室だ。

フィレデルス兄様は人がたくさんいるのが嫌いらしいけど、ベディはどうしようかな。外で待っていてもらうか……ちゃんとごあいさつして、じゃまにならない所にいてもらう方がいいかな。

温室まで続く中庭に面した廊下を通っていたら、急にベディに腕を引かれた。

「坊ちゃん！」

ベディの声と共に、ボールが目の前を横切った。

「すみませ……なんだ子供か」

ボールを追いかけてきたのは、赤毛の男の子だった。

男の子と言っても、ボクよりもずっと大きくて年上の、やんちゃそうな子だ。

「何でこんな所歩いてんだよ。お前どこの子？」

「それ、僕の弟だよ」

中庭の奥から、高めの声が聞こえてきた。

金色と茶色の混じった明るい髪がふわふわとしていて、一見女の子かなと思うようなかわいらしい容姿をした少年が、笑いながら歩いてくる。

「エアハルト兄様」

第六王子の、エアハルト兄様だ。

エアハルト兄様は、第三妃マルガレータ様の次男で、つまりあのちょいグレてるアルブレヒト兄様の実の弟だ。確かボクよりも四つ上だったはずだから、今は九才だね。エアハルト兄様は、基本はこっちの主棟に住んでいるからめったに会わないんだよね。

兄様の後ろには、他にも同じ年くらいの子が何人かいた。お友達みたい。

アカデミーに通い始めるのは十二才からだけど、社交界にデビューするのは八才からだから、そこで交流した貴族の子たちが遊びに来てるんだろう。

女の子も何人かいて、みんな育ちの良さそうなキレイな子たちだ。王宮に遊びに来れるくらいだから、いいところの子たちなんだろうね。将来の側近候補やお嫁さん候補なのかも。

いいなぁ！　ボクも早く社交界デビューして、未来のお嫁さん候補に会いたいよ！

「弟？　ノエル王子だけじゃないの？」

「うん、王家の恥だからあんまり表に出ていないんだ」

わあ、恥って言われた！

その場合恥なのは、避暑地でワンナイトラブして子供作っちゃったお父様だと思うんだけど！

でもエアハルト兄様は別にボクをさげすむ感じもなく、普通に言ってる。マルガレータ様がいつも言ってるのかな？

前にも言ったけど、マルガレータ様のご実家のヘルツシュプルング侯爵家は血筋第一の貴族主義だからね。ボクら親子が大嫌いみたい。エアハルト兄様は、それが当たり前みたいに言ったけど、周りのお友達は一気にボクの事を見下す目つきになった。みんな小さくてもちゃんと貴族だね！

それよりも、エアハルト兄様は友達が多いタイプみたい。その社交性の半分でも、アルブレヒト兄様に分けてあげればいいのに。

「王宮には何度か来たことあるけど、初めて見るわ」

エアハルト兄様の後ろにいた女の子が冷たさの加わった目でボクを見ながら言うと、エアハルト兄様は軽く頷いた。

「うん、側妃の子だから、側妃用の棟の方に住んでいて普段は会わないんだ」

それを聞いた最初の赤毛のやんちゃそうな子が、ボクにずいっと近付いてきた。

「それが何でこっちの中庭歩いてるんだ？」

ベディは静かに後ろに控えている。うん、貴族の子相手だからそれでいいんだよ、えらいぞベディ！

あとボクは一応王子だから、兄様のお友達にとやかく言われる筋合いはないんだよね！

ボクはにっこり笑って答えた。

「別にこっちに入っちゃいけないとは言われてないよ」

王宮《ここ》は一応ボクのお家の一部ではあるんだから、招待されないと遊びに来れない子がどうこう言う資格はないんだよ。

「なまいきな奴だな」

言い返されるとは思ってなかったみたいで、赤髪の子はムッとした顔をした。でもボクも彼にへりくだる必要がないから、ニコニコしとく。そしたら周囲の子たちがザワザワし始めた。

「ねぇ、あれって……」

「やだ、本当に会えるなんて……」

特に女の子がザワザワしてて、ボクも赤髪の子も気になってそちらを見ると、見覚えのある集団がこちらに向かってきていた。

「ああ……」

小さな声に振り向くと、エアハルト兄様が笑顔のまま、緑色の目から感情を消してガラス玉みたいになっていた。

オリヴィエーロ兄様と、そのお取り巻きたちだ。

「エアハルト」

オリヴィエーロ兄様は廊下を歩いていたけど、エアハルト兄様たちに気付いてこちらに来たみたい。ボクの時もそうだったけど、オリヴィエーロ兄様はなるべくみんなに声を掛けるようにしているみたい。さすが未来の王様だね。

「オリヴィエーロ兄様、ごきげんよう」

張り付けた様な笑顔でエアハルト兄様があいさつをしたら、周囲の子たちがエアハルト兄様の袖《そで》をつんつんと引っ張った。第一王位継承者のオリヴィエーロ兄様相手に、自分たちからはあいさつ出来ないから、紹介してくれって急《せ》かしているんだ。みんな目をキラキラさせてて、頰《ほお》を赤くしている。王族とつながるチャンスなんて、同世代で側近候補に選ばれるか、アカデミーで仲良くなるかだけど、どちらも年が近くないと難しいもんね。

「オリヴィエーロ兄様、僕の友人たちです」

紹介の許可を貰えて、エアハルト兄様のお友達は我先にと名乗っている。それをエアハルト兄様は微笑みを浮かべながら無感情な目で見守っていた。

側妃ではなく妃の子たちで、同じ主棟に住んでいても、格差ってあるんだなぁ。

エアハルト兄様のお友達もエアハルト兄様の側近やお嫁さんを目指しているけど、あわよくばもっと王位継承権が上の王子にもって教わってるみたい。世知辛いね！

まぁボクは元から最底辺だから、関係ないんだけどね。

「リエトも、息災か？」

オリヴィエーロ兄様はエアハルト兄様のお友達の自己紹介を一通り聞いた後、ボクに聞いてきた。

お友達、えって顔してるけど、ボクも一応王子なんだってば。それでも皆の自己紹介を止めなかったただけ、オリヴィエーロ兄様は優しいよ。

「はい、元気いっぱいです。オリヴィエーロ兄様もお元気そうで何よりです」

ニッコリ笑って答えたら、頷かれた。

「リエトは今日も温室に行くのか？」

「はい。ちょうどこれから行こうとしていました」

ボクが答えると、オリヴィエーロ兄様は何か言いたそうな顔をした。そういえば、この間の時も温室の事で何か言いかけてたな。

「オリ……」

「殿下、そろそろお時間です」

兄様に話しかけようとしたら、側近の一人が兄様に耳打ちする。さすが次期国王は忙しいみたいだ。

側近の人はボクをチラリと見たけど、話しかけるなって事かな？　オリヴィエーロ兄様は皆に分け隔てなく接するようにしているのに、周囲の側近はそれを良くは思ってない人もいるみたい。周りに人が多すぎるのも大変だぁ。

「それじゃあ……エアハルト、リエト、私はもう行くから」

「はい」

「はい、兄様」

「エアハルトのご学友も、ゆっくりしていってくれ」

オリヴィエーロ兄様に声を掛けられたお友達たちは皆しゃちほこばって、あいさつしていた。

兄様にすり寄った後に、エアハルト兄様にどうやって接するのかなってちょっと見てたら、何も気にせずオリヴィエーロもそれに「よかったね」って笑顔で言ってた。うん、上昇志向なのは貴族には大事だもんね！

エアハルト兄様のガラス玉のような目を見つつ、ボクは温室に向かったのだった。

あ、もちろんエアハルト兄様にはあいさつしてからね。


「坊ちゃんって他の王子の周りに結構言い返しやすよね」

温室に行く道すがら、ベディが意外そうに言ってきたけど、何か意外だったかな？

「だって自分でもみそっかす王子って言って、そこから地位向上とかは目指してないでしょ？」

「うん、そうだね」

ボクが王家の血かどうかもあやしい上に押しかけ田舎貴族出の側妃の子供ってのは、まぎれもない事実だもの。だからそれに対して面白くない兄様たちや兄様のお母様たちに色々言われるのは構わないんだ。あ、殺されるのは困るけどね！

「でもそれでもボクは王族なんだから、王族以外の人にへりくだる必要はないんだよ」

ノエル兄様の側近たちにいじわるされても、それがノエル兄様の意思なら仕方ないんだけど、さっきみたいに兄様の意思ではなくいじわるされたら、抵抗しなきゃ。

だってボクは王族なんだ。

王族として、王族の誇りは持たなくちゃいけない。

「坊ちゃん……俺、一生坊ちゃんにお仕えしてぇです」

「えー」

「『えー』⁉」

ベディがまた、ドギャンッって跳び上がって驚いてて、ボクは笑ってしまった。だってすごい跳ぶんだもん。本当に身体能力が高いんだろうね。

「坊ちゃん、ここは主従の絆《きずな》を結ぶ感動の場面ですよ！」

「あはははは」

感動の場面だって！　自分で言ってる！

必死なベディがおかしくて、ボクの笑いは収まらない。

おっと、そうこうしているうちに温室に着いてしまった。

「ベディ、ストップ。フィレデルス兄様は騒がしいのはお嫌いだから、静かにね」

「いや、大笑いしてたのは坊ちゃんだけです……」

聞こえない聞こえない。ボクはもう一度ベディに『しー』ってジェスチャーをして、温室に入った。いつもの様に、フィレデルス兄様はテラスでご本を読んでいた。

今日は兄様の後ろに、執事と護衛も控えている。ボクらの声が聞こえたからかな？

「フィレデルス兄様、こんにちは！」

兄様は長いまつ毛で影を落としていた蒼《あお》い瞳《ひとみ》をゆっくりと上げて、ボクに向けた。

「…………今日は、ずいぶんと騒がしいな」

やっぱりベディの跳び上がってたのが聞こえていたみたい。あ〜、ベディに注意するのが遅かったかな。まぁいいや、まずはごあいさつだもん！

「ボクの護衛のベディです！　フィレデルス兄様にご紹介したかったので連れてきました」

「…………私に？」

「はい！　ベディ、ごあいさつ」

ボクの言葉に、ベディが少し緊張した様子でスッと前に出て、ディートハルト兄様にごあいさつした時みたいに丁寧にあいさつした。フィレデルス兄様はそれに何も答えず、ベディにはチラリと視線を向けただけで、再びボクを見た。

「なぜ今頃《いまごろ》？」

「なぜいまごろ？」

兄様の言ってる意味が分からず、オウム返しで首を傾げると、兄様は無言になってしまった。

んん？　どういう意味だろう？

「失礼ながら、どうして初めて温室に訪れた時ではなく、今日護衛を紹介なされたのですか？」

見かねたフィレデルス兄様の執事の言葉に、あーそういう事！　と納得した。

「だってあの時はボクには護衛がいなかったですもん。ベディは今日が初護衛です！」

正確にはいたけど、まだ護衛として外に出せないからお部屋でお勉強させてたんだけどね。

「護衛が……いなかった、だと……？」

兄様がびっくりしている。

第二妃でエステリバリのお姫様だったお母様を持つ第一王子であらせられるフィレデルス兄様からすれば、護衛はいるのが当たり前で、王族の子にいないなんてありえないんだろうね。

それがありえたんだよ！　ビックリだよね〜。

「それじゃあお前は、護衛もなしに毎日ここまで一人で来ていたのか？」

「はい！」

あ、王族ってよりも、ボクがまだ五才だからってこと？　でも王宮は広いけど、言ってみればお家の中での移動だから、五才でもひとりであちこち行けるよ？

「…………」

第一王子として蝶よ花よと育てられていた兄様には衝撃だったみたいで、無表情ながら考え込んでしまった。

どうしようかな？

ベディのご紹介もしたし、今日はもうおいとましちゃう？

「お茶をお持ちいたしますので、どうぞ」

帰ろっかな〜と思ってたら、執事に席に誘われた。

でもそれをフィレデルス兄様が遮る。

「お前は、こっちに来なさい」

そんな訳で、その日はフィレデルス兄様のお膝《ひざ》の上でお茶とお菓子をごちそうになった。

四．✦ 転生王子、鍛錬を始める

「よーし、鍛錬するぞ～！」

側妃棟の裏庭的なスペースで、ボクは木剣を振り上げて宣言した。

今日からベディによる鍛錬を始めるんだ。

ボクは薄手のシャツに短いズボンで、動きやすい恰好。木剣は短剣サイズだけど、初めて持つからテンション上がっちゃうね！

でも………

「はい、坊ちゃん！」

「お～でございます」

「何でメリエルもいるの？」

そうなのだ。はりきって返事をするベディの横には、ノリが良いのか悪いのか、無表情で片腕を上げているボクのメイドさん………何で？

「メリエル忙しいんでしょ？　むりに付き合わなくて大丈夫だよ？」

ボクの唯一のメイドさんだから、お仕事いっぱいあるって言ってたよね？　それでも夜に一緒にお勉強する時間を作ってくれているのに、大丈夫？

Reincarnation
The 8th Prince's
Happy Family Plan

「それでしたらリエト様。本当にこの野生児の訓練をお一人で受けられるつもりだったのですか？」

「え、うん……」

今ベディのこと野生児って言った？　ベディは一応王都で何年も兵士をやってたから、そんな無茶はしないよ？

「それではベネディクテュスさん、昨日私に教えてくださったリエト様の訓練内容をご本人にお伝えください」

「え？　おお。まずは基礎体力作りに王宮外周を三周。筋力作りに腕立て百回。腹筋背筋百回ずつして、スクワットも百回。準備運動が終わったら、危険な状態から潜在能力を引き出すために三階からロープで吊《つ》り下げて……」

「メリエルっ！　ボクのそばをはなれないでね？」

「承知いたしました」

「あれ？」

という訳で、ベディによる超人育成計画はメリエルに修正され、メリエルは監視の意味も込めて一緒に鍛錬を受ける事になった。

「でもこれ……何？」

さっきからでんぐり返りを繰り返しさせられてるんだけど……。

「坊ちゃんはまだ小さいですからね、まずは基礎体力と回避能力を身に付けやしょう」

「かいひのうりょく？」

もう回りすぎて目が回ってきた。

「どんな攻撃でも避《よ》けられるようにする訓練です」

「え～、それってかっこわるくない？」

現に今お外ででんぐり返りさせられて、頭を付けないやり方なんだけど土だらけだよ。ボクは未来のお嫁さんを守れる力と、かっこいいって言われるために鍛練したいんだけど。

「坊ちゃんは何よりもまず生き残る事が一番でしょう？　敵を倒すのは俺《おれ》がやりやすよ」

それじゃあ未来のお嫁さんにかっこいいって言ってもらえないじゃない！

ベディが教えてくれるのはあくまでも「生き残る」ための手段みたいだ。ぐぬぬ、これは予想外だぞ。いやでもまずは基礎体力とかいひのうりょくを身に付けてから、剣を学べばいいのか？　だってボクまだ五才だしね！　なにごとも基礎は大事って、夢の中の世界でも言われてた気がする。

まず死にたくないしね！

「分かったよベディ。次は何をすればいい？」

「はい、坊ちゃん！　次は横に転がりましょう！」

こうしてボクとメリエルは裏庭をゴロゴロ転がった。木剣はすみっこで放置されていた。

「メリエル転がるの速すぎるんだけど、なんで？」

しこたまゴロゴロ転がって土だらけになって気付いた事は、ボクよりメリエルの方が転がるのが速いこと。ちなみにメリエルはメイド服の下にズボンを穿《は》いていた。メイド服が汚れちゃうのは困らない？って聞いたら、メイド服は元々作業服だから汚れていいんだって。替えもちゃんとあるみたい。たしかに、普段からその恰好でお掃除やお洗濯してるもんね。

「私は十四才ですよ。リエト様とは身体能力が違います」

むむ～、確かに、転がっていたら腹筋が痛くなってきた。回るのにも筋肉を使ってるんだね。

「あとメリエルは凹凸がねぇから回りやすいんぐふぅっ！」

どこから出したのか、メリエルのモップの柄《え》がベディのお腹《なか》に突っ込まれた。

すごい、ベディの防具のちょっとだけの隙間《すきま》に見事に入った！

「メリエルはまだ十四才なんだから、これから出来るよね！」

ボクはフォローのつもりで言ったんだけど、メリエルは冷え冷えとした黒い瞳《ひとみ》でモップを握り締めたままボクを見た。

「リエト様……こういう時は、確証の無い未来の話をするのではなく、素のままの姿を褒めるのです」

「め、メリエルは今のままでもとってもすてきだよ？」

「よろしい」

すごく勉強になった。今度から気をつけよう。

何はともあれ、鍛錬初日を終えたんだけど、全身泥だらけだ。おまけにボクは半ズボンだったから、ひざも擦《す》り剝《む》けてる。

「まずは湯あみをしてから、手当てをいたしましょう」

「こんな事するなら長ズボンで来たのにぃ～」

ボクが擦り傷《きず》の痛さに恨み言を言ったら、ベディはキョトンとした顔をしている。その間にメリエルは湯あみの準備に行った。

「何で短いズボンで来たのかと思っていました」

「動きやすいからだよ！　その時点で言ってくれたら着替えたよ、もうっ！」

「まぁでも傷は男の勲章ですよ坊ちゃん！　それにそんなの傷のうちに入りゃしやせんよ」

「ボク王子なんだってば！　兵士とかクバラの子と一緒にしないの！」

王子がドロドロで擦り傷だらけなのを見られたら、みっともないとか言われちゃうでしょ……と言おうと思った矢先に、見つかってしまった。

「こんな所で何してんだ？」

あなた方こそ、側妃棟《こんなところ》で何してるんですか。

正妃の息子であるオリヴィエーロ兄様と、第二妃の子であるラウレンス兄様二人して渡り廊下からこちらを見ていた。

正妃の子オリヴィエーロ兄様の事は何度か紹介したけど、ラウレンス兄様については初めてだったかな？

海運国家エステリバリ王国のお姫様である第二妃のエデルミラ様の次男。つまりフィレデルス兄様の実弟ってやつだね。

エステリバリの人の特徴である小麦色の肌に、青紫の髪に海の青の目。年はオリヴィエーロ兄様と同じで、今十三才でアカデミー二年生。

フィレデルス兄様は物静かでミステリアスな感じだけど、ラウレンス兄様は活発でいつも明るい、まぁ脳筋タイプだ。周囲はオリヴィエーロ兄様とどっちが優秀かって比べまくって、ライバル関係にあるはずなんだけど、今一緒にいるって事は仲は悪くないのかな？　後ろにいる護衛や従者は仲悪そうだけど。

「リエト、何だその恰好は？」

渡り廊下から傍《そば》まで歩いてきたオリヴィエーロ兄様に問われ、自分の格好を思い出した。

あわわ、まずいまずい！　王太子の前でドロドロのぐちゃぐちゃだ。後ろの従者たちはみんな眉《まゆ》をひそめている。

「誰《だれ》にやられた？」

「え？　誰って……」

「誰にこんな姿にされた？」

誰かって聞かれたらそりゃ……

「護衛のベディにですけど……」

「護衛にだと？」

オリヴィエーロ兄様がキッとベディを睨《にら》みつけた。あれれ？　これ何か誤解されていない？

「に、兄様！　オリヴィエーロ兄様、違うんです、これはベディに鍛錬してもらったんです」

「こんな傷だらけになるまで？」

再びオリヴィエーロ兄様に睨まれて、ベディもようやくまずい事に気付いたらしく焦《あせ》っている。

まさかここで兄様たちとその従者に会うとは。

「護衛の身で仕える王子を傷つけ汚すとは、何を考えている？　そなたは本当にリエトを守る気があるのか？」

何と返したらいいのか分からないのだろう、ベディがだらだらと汗をかいて硬直している。ベディはボクを守る気は満々だけど、ボクが擦り傷作ったり汚れたりする事に関しては何が悪いのか全く分かっていないからね。

「オリヴィエーロ兄様！　鍛錬で汚れる事も少しくらい傷を負うのも仕方ないですよ。強くなるためですから、当たり前です」

「坊ちゃん……」

王太子であるオリヴィエーロ兄様に叱られて半泣きだったベディがボクをすがるように見ている。大丈夫だよ。

「傷は男の勲章、なんでしょ？」

ベディが鍛えてくれなくなったら、ボクんち剣の先生とか雇える気がしないもん！　何の鍛錬もなしにアカデミーに入るのは勘弁だよ！

「だよなぁ！」

そこで突然、第三者の明るい声が響いた。声の方に目を向けると、ラウレンス兄様がその海色の目をキラキラさせていた。

「鍛錬でちょっとくらい汚れたりケガするのなんて当たり前だよなぁ！　お前分かってるな！」

ボクの手を握ってぶんぶん振る。リーチが違うから振り回される形になって、いたいいたい！

「聞いたかお前ら！　リエトの護衛は出来るんだから、お前らにも出来るよな？」

多分自分の護衛の人たちに言っているんだと思う。護衛の人たちはすごい困った顔してる。あ、こっち睨まれた。知らないよ。

「お前は見込みがあるな！」

今度はガシガシ頭をなで繰り回された。うわわ、目が回る～。

「ラウレンス、リエトの首が取れてしまう」

「お？　悪い悪い」

オリヴィエーロ兄様が止めてくれたので、ボクはラウレンス兄様の手を逃れ、ふらふらとベディに逃げた。

「まぁ……そういう事なら、あまり無理はしないように。お前はまだ小さいのだから」

「はい～、ありがとうございますぅ」

頭がぐらぐらしながらも何とかお返事出来たと思う。

それにしても、兄様たちは何をしにこっちに来ていたんだろうね？

その後、メリエルの用意してくれたお風呂《ふろ》に入って擦り傷がとても染みたので、夜のお勉強はちょっと厳しめにした。ボクよりもメリエルが厳しかったけどね。

ヴァルテ王国王宮の中庭は、手前に樹木を切り揃えられたノット・ガーデンが四つに分かれて配置され、その中心に噴水がある。そして周囲を色とりどりの花たちが囲っている。もちろん庭はこだけではなく、王宮前の左右をちょっとした森くらいの庭園が広がり、その中には樹木で作られた迷路《メイズ》や東屋《ガゼボ》もある。

中庭は主に王族や賓客のために作られており、奥にある温室は支柱が無い半球型で上に行くにしたがって装飾された形となって、頂上には王冠型のモニュメントが添えられている。中は広く天井《てんじょう》も高いため、全面から日の光が注《そそ》いでいる上に空調も管理されており、一年中穏やかな気候で過ごせる。フィレデルスが心穏やかに過ごせる、王宮内の唯一の場所だ。

「今日はいらっしゃいませんね」

テラスに降《ふ》り注ぐ柔らかな光で本を読んでいたフィレデルスに、フィレデルス付きの執事であるイェレが紅茶を出しながら静かな声で言った。

「…………」

誰が、などと聞く必要は無い。

この温室を訪れるのは、フィレデルスの他には一人だけ、末弟のリエトだけだからだ。

ヴァルテ王国第八王子であるリエトの母は、北東の辺境であるオーバリを管理する男爵家の出である。

現王がオーバリに静養に行った際に、よりにもよってそこの男爵の一人娘との間に子供を儲けた……と言われているが、いまだにその真偽は定かではない。本来であれば、その様な眉唾物《まゆつばもの》の信ぴょう性の薄い子供など認めないのだが、そのオーバリの現当主が先の隣国との小競り合いの戦争で活躍をした英雄という事で話がややこしくなった。現当主オラフ男爵は、騎士としての腕は確かで軍部の者からの信頼は高く、その貴族らしからぬ気質でアスール軍とルベル軍どちらからも人望が高かった。そして一人娘が身籠《みご》ったとなった時、彼の武人としての真《ま》っ直《す》ぐさがそのまま出てしまった。

つまり、王宮に来て大暴《あば》れしたのだ。

隣国まで名の轟《とどろ》く武人を止められる者などそうおらず、おまけに止められる可能性があるだろう軍部の人間はほぼオラフ男爵の味方であったため、やむを得ず王室は彼の要求を叶《かな》える方向で動いた。もちろん他の貴族たちは反対したのだが、軍部全体が相手となっては折れない訳にもいかず、実際王はオーバリでオラフ男爵の娘に手を出しているものだから、王室は第八王子と三人目の側妃を迎える他なかった。

もちろん、いまだに第八王子の存在を疑問視する者は多く。王宮内での立場も弱い。

フィレデルスは第二妃の子で主棟で過ごしているため、本当に数えるほどしか会った事がなかったくらいだ。

周囲もあまりフィレデルスとリエトを近付けさせないようにしていたそぶりがあるが、フィレデルス自体がリエトに興味がなかった。

つい先日までは。

「あはははは」

静かだった温室に外から子供の笑い声が響いた。

「…………」

リエト以外の者の気配に、フィレデルスから見えない位置で待機していた護衛の騎士が二人、静かにフィレデルスの傍に来て、温室の入り口に向かって視線を向けた。いつもはフィレデルスとリエトの邪魔をしないように下がるイェレもそこに留《とど》まって、訪問者を待った。

いつものように小さな体で大きな図鑑を抱えてとてとてと歩いてきたリエトは、フィレデルスの傍《かたわ》らに立つ騎士とイェレを目に留め一瞬だけ驚いた顔をしたが、すぐに天真爛漫《てんしんらんまん》な笑顔になってフィレデルスにあいさつをした。

「フィレデルス兄様、こんにちは！」

東部の人間に多い少し黄みがかった肌のほっぺたをピンク色にしてニコニコと元気にあいさつをする弟を見て、フィレデルスはしばしの沈黙の後に応《こた》えた。

「…………今日は、ずいぶんと騒がしいな」

咎《とが》めるような物言いになってしまった事に、イェレが困ったような笑顔になったが、なぜかリエトの方が「あ～あ」という顔をして、後ろの体格の良い男を見た。それから思い直したようにこちらに向き直し、小さな手をめいっぱい広げて後ろの男に向けた。

「ボクの護衛のベディです！　フィレデルス兄様にご紹介したかったので連れてきました」

「…………私に？」

思わぬ言葉に、フィレデルスが言葉少なに驚く。普段感情をほとんど動かさない主人の戸惑いに

イェレも驚く間もなく、リエトが元気よく答え、後ろの男……護衛のべディに自己紹介をさせた。

西部訛《なま》りのたどたどしいあいさつで、その男が赤軍上《ルベル》がりだと分かった。

しかし疑問なのは、なぜいきなり護衛をフィレデルスに紹介する気になったのかという事だ。

リエトが温室に通うようになって既に数日が経《た》っている。あいさつをさせたいなら初日にすれば

良かっただろうに。

「なぜ今頃《いまごろ》？」

フィレデルスも疑問に思ったのだろう。当然だ。しかし圧倒的に言葉が足りない。

「なぜいまごろ？」

思った通り、まだ齢《よわい》五才になったばかりのリエトは、フィレデルスの言葉をオウム返しにして首

を傾《かし》げた。

僭越《せんえつ》ながら、とイェレは口下手な主人に代わってリエトに分かりやすく噛《か》み砕いて質問をした。

「どうして初めて温室に訪れた時ではなく、今日護衛を紹介なされたのですか？」

イェレの質問に、リエトは青灰色の瞳を丸くして、なるほどといった顔をした。普段表情に動き

がない主人に仕えているためか、ころころと表情が変わって分かりやすいリエトをイェレは微笑《ほほえ》ま

しく思った。一方のリエトは、当然の事のようにとんでもない事を口にした。

「だってあの時はボクには護衛はいなかったですもん。べディは今日が初護衛です！」

「護衛が……いなかった、だと……？」

フィレデルスが絶句している。

エステリバリの王女であった母を持つヴァルテ王国第一王子であるフィレデルスには、王子に護衛が付いていなかったという事実が信じられない事なのだろう。

「それじゃあお前は、護衛もなしに毎日ここまで一人で来ていたのか？」

「はい！」

「…………」

固まってしまったフィレデルスを見ながら、これにはイェレたちも驚いていた。何と言ってもリエトはまだ五才になったばかりの子供だ。王宮内は広く、側妃棟から主棟までは距離もある。さすがに従者かメイドが送り迎えをしているものと思っていたからだ。

フィレデルスからの返答がないため、リエトは首を傾げ、それから後ろの護衛に目配せをした。帰りそうな空気を出しているリエトと考え込んでしまった主人に、イェレは慌てて引き留めた。

「お茶をお持ちいたしますので、どうぞ」

それを聞いて、フィレデルスもようやく顔を上げリエトを見た。

「お前は、こっちに来なさい」

膝《ひざ》の上にリエトを乗せてお茶とお菓子を与えていたフィレデルスが、リエトが帰った後にイェレ
「イェレ、リエトの身辺の事は知っているか？」

を振り返らずに口を開いた。

イェレは第一王子であるフィレデルスの筆頭執事だ。当然、他の王子たちの身辺についても把握済みだ。しかしそれをフィレデルスに報告する事はなかった。なぜか。フィレデルス本人が興味を持たず、王位継承権に関《かか》わる事を避けていたからだ。

第二妃の長男、そして第一王子として生まれたフィレデルスは母の故郷のエステリバリとヴァルテ王国の期待を一身に向けられていた。

それが、正妃が男子を産んだ事で一変した。

幼き頃から賢かったフィレデルスは、自分の置かれた立場を正しく理解したのだろう。そしていち早く、王位継承争いから距離を置こうとした。周囲に心を閉ざし、感情を殺し、兄弟とも触れ合おうとしなかった。実の弟であるラウレンスに動きかけた感情も、周囲がラウレンスを正妃の子であるオリヴィエーロと競わせるよう担《かつ》ぎ上げる事で止まった。それは学院に行っても変わらず、第一王子に寄って来る者は多いが、その誰にもフィレデルスが心を開く事は無かった。

彼が好むものは、物言わぬ植物と本のみ。

それが最近、王位継承争いから一番遠い幼い腹違いの弟と言葉を交わすようになり、少し様子が変わっていった。イェレとしてはその変化を喜んでいたのだが。

「はい、リエト王子の母君であられるテレーゼ様は、リエト王子の教育にはあまり熱心ではないようで、護衛を付けたのもつい先日のようです」

「自分が傍にいるでもないのに、今まであの幼子に護衛一人も付けていなかったのか？」

フィレデルスがその整った銀の眉をひそめたのも頷ける。

「一応世話役にメイドが一人付いておりますが、護衛兼毒見係として、先ほどの者……ベネディクテュスを最近雇い入れました」

「護衛兼毒見？　どうしてその二つが一緒になる。護衛が倒れたら意味がないだろう。…………待て。毒見も今までいなかったのか？」

フィレデルスの問いに、イェレは口を開かず目だけで肯定した。

フィレデルスは決して昼行燈《ひるあんどん》ではない。普通に学院でも優秀な成績をおさめている、頭脳明晰《めいせき》で勘も良い。だからすぐに気付いたのだろう。

「どうして……急に毒見と護衛を雇う事になった」

もう答えは分かっているであろう主人に、イェレはゆっくりと瞬きをした後に口を開いた。

「リエト王子は先日、おやつに毒を盛られ、三日三晩昏睡《こんすい》状態であらせられました」

「…………」

毒草ばかり探す幼い弟。

予防だと、五才の幼子が言っていた。

フィレデルスが学院の長期休暇で王宮に戻ったのは、リエトが昏睡状態に陥《おちい》るよりも前だ。

だが、知らなかった。知ろうともしなかった。

自分とは関わりのない存在だと思っていた。

本が読めないと抱っこをせがんで伸ばされた小さな手。

膝の上の、温かな感触と重み。

フィレデルスはその全《すべ》てを思い出しながら、爪《つめ》が食い込むほどに強く手を握った。

五．✦転生王子、厨房にお邪魔する

今日の朝ご飯は、バターが添えられたふわふわパンに潰《つぶ》したお芋にお肉が混ざって焼いてるやつと、黄色いトロっとしたスープと新鮮野菜のサラダ。黄色いスープは甘くておいしくてボクは大好き！

基本的にヴァルテ王国は国土が広くて気候も良いから、作物に困る事はあんまりなくて、庶民の間でもふわふわパンは食べられている。と言っても、王宮内みたいに毎日って訳じゃないみたいだけどね。ボクはみそっかすの末王子で、押しかけ側妃の母様と二人のこの別棟はあんまりお金はかけられてないんだけど、それでも王族だし元々一応貴族だからね。庶民よりは良い物を食べているよ。具体的に言うと、ボクと母様の棟にはシェフが一人と厨房のお手伝いが主なキッチンメイドが二人いる。あとは洗濯、お掃除中心のメイドが二人、母様のお世話の侍女が二人、執事が一人に男の人の従者が二人、母様の護衛の騎士が二人、棟全体の警備をしている騎士が二人。それにボク付のメイドのメリエルと護衛兼毒見係のベディ。以上！

結構いると思った？　でもこれ、王家の側妃棟としては本当に必要最小限だからね。

例に出すのもおこがましいって感じだけど、正妃であるツェツィーリア様と第三王子のオリヴィエーロ兄様の所には、この五倍は人数がいるよ。エステリバリのお姫様だったエデルミラ様なんか

Reincarnation The 8th Prince's Happy Family Plan

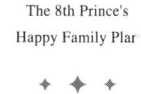

は、お輿入《こしい》れの際に連れてきたエステリバリの従者がたくさんいるし、お隣のアルダ国から来られたナターリエ様の棟もアルダ人の従者がたくさんだ。

一方ボクの母様が連れて来られたのは侍女は一人だけ。あとはボクの世話係にメリエル。まぁ押しかけだったからね、ちょっと王宮入りも条件が厳しかったみたい。でも護衛の騎士はおじいさまご推薦の腕のいい騎士なんだって。ちなみにその時ボクはまだ生まれたてだったから、一緒に護衛を付けられなかったんだね。その後は知らないけど。

普段の生活なんかはこの人数でも大丈夫だけど、母様がお茶会を開くとか、父様が来る時なんかはもうみんな大慌てでだ。護衛の騎士まで準備を手伝わされているのを見た事もある。

あ、ちなみにこの間の父様との夕食会は、側妃全体の会だったから、場所はココじゃなくて側妃用の広間を使ったよ。準備はそこの管理を任されている従者と、各側妃のメイドさんだったみたい。

それはともかく、今日の予定はいつもと違うんだ。

「坊ちゃん？　お部屋に帰らないんでさぁ？」

「うん、厨房に行くから付いてきて～」

「厨房？　まだ食い足りないんですかい？」

う～ん、まだちょっと言葉遣いが不安定だね。まぁボクとメリエルの前だけだったら、これくらいでいっか。メリエルが許すかは分かんないけど。

多分自分がまだお腹空《なかす》いてるんであろうベディを連れて、厨房に行く。厨房は食堂のすぐ隣じゃなくて、廊下を進んで、端のお部屋。食品の搬入とかに便利だから端っこらしい。火を使って煙が出るのも理由なんだって。

大きな調理器具の搬入もあるから、大きめの扉。入るのは初めてなんだよね。

扉をベディに開けてもらうと、石の壁に高い天井《てんじょう》の広い厨房が広がっていた。縦に長い窓から差し込む光が、壁に掛けられた色んな大きさのフライパンや鍋に反射してキラキラしてる。壁沿いには棚の中にたくさんの食器。ボクと母様しかいないと言っても、使用人の分も毎日作るし、パーティを開く可能性もあるもんね。作業台とは別にある机もとても広いし、奥にあるかまども大きい！

初めて見る光景に、ボクは何だかワクワクしてきて見渡していたら、ガチャンって大きな音がした。見ると、キッチンメイドの一人が手にしていた調理器具を落としたっぽいんだけど、本人はそれに気付いてないみたいで、ボクらの方を凝視して固まっている。

そしてそれは、同じく調理中だったシェフともう一人のキッチンメイドにボクらの存在を教えるものだったみたいで、三人分の視線を独り占めしてしまった。

「リ……リエト王子殿下……」

固まっているキッチンメイドの一人、母様より年上のしっかりしてそうな方が呆然《ぼうぜん》って感じにボクの名前を呟《つぶや》いた。それにハッとしたようにがっちり体格のシェフが帽子を取り、礼をする。キッチンメイドの二人も慌てて礼をした。

「あ、いいよいいよ。まだ忙しい時間だったのにゴメンね」

ボクがご飯を食べ終わったから厨房は後片付けのお時間かなと思って来ちゃったけど、よく考えなくてもボクらが食べ終わってからが使用人のみんなの食事時間だ。当然、今は使用人用のご飯の用意の時間だったね。

「ここで待ってるから、続けて続けて」

そう言って、僕は部屋の端っこにあった丸イスに飛び乗った。ちょっとジャンプしないと座れないのだ。

「で、ですが……」

キッチンメイド達が困ってお互いの顔を見合わせているが、ボクがニコニコしていると、シェフが唇を噛《か》み締めて、もう一度ボクに礼をしてから二人に声を掛けた。

「ちゃっちゃと済ませるぞ」

「は、はい！」

それから三人はボクの事を気にしないように、素早く作業に戻った。キッチンメイド、特に若い子の方はたまにボクの方をチラチラと見てたけどね。

しかし、さすがプロ。しかも王宮勤めを認められたプロだもんね。すっごく手際が良い。大人数分を一気に作ってるんだろう。大きなお鍋をものともせずに勢いよく振っている。料理人にしては体格良すぎじゃない？　と思ったけど、あのお鍋を振るには筋肉がいるよそりゃ。

そんでもっておいしそうな匂《にお》いが厨房中に広がって、ご飯を食べたばかりのボクもよだれが出そうになった。出してないけどね！　王子だから！　ボクの後ろに控えていた、護衛で毒見だからボクよりも先に食事を終わらせてるはずのベディからは出てたけど。

それよりも料理が出来る男っていうのもカッコいいな。

こっちじゃボクって王子だから普通がどうなのか分からないけど、夢の中の世界では料理が出来る男子ってモテていたはず。ボクは将来市井《しせい》に降りる可能性もある。シェフは雇えないかもしれないし、働いている奥さんの可能性も高いわけだから、そこでボクが料理をササっと作ったりしちゃうと、奥さんも喜ぶかも！

別の目的で来たけど、暇なお時間に料理を教えてもらったり出来ないかな～。

そんな事を考えていると、いつの間にかシェフがボクの目の前まで来ていた。

「あれ？　終わってからでいいよ？」

「いえ……あとはもう盛り付けだけなので、二人に任せて大丈夫です」

「そう？」

見ると、二人のキッチンメイドがワゴンにお皿をどんどん載せていっていた。いいのかな？　いいならいいけど。じゃあ、とシェフに向き直ったら、突然シェフがザっと膝《ひざ》を床に突いた。

えっ？　どうしたの？

てゆーか厨房の床って石造りだし、油汚れとかで結構汚れてるって言うか、膝突くような所じゃないよ？

「どうか、どうか私一人の首で許していただけないでしょうか……っ！」

ん？

硬い声でそう発したシェフの顔は、伏せられていて見えない。

え、ごめん。何の話?

「坊ちゃん、彼らを罰しに来たんですかい?」

ボクと同じく状況が読めていないベディが口を挟んできた。

「え? 違うよぉ」

ボクが答えると、シェフがバッと顔を上げた。さっきも思ったけど、随分精悍《せいかん》な顔をしている。

四十歳前後のキリっとしたお顔に、清潔感のある短髪、整えられた口ひげがよく似合っている。ベディが目指しているのはこういうおヒゲなのかな?

体格も良いし、これで料理がメチャうまな訳だから、すっごくモテそう。あれだ、ギャップ萌《も》え?てやつ。

兄様たちを見て、顔だけでいくにはちょっと不安になっていたボクが目指すべきなのは、もしかしたら彼なのではないだろうか?

「先日の毒物混入の件で、私たちの処刑を命じに来られたのではないのですか?」

あ、あ~それね。

まぁそれの話でもあるんだけど。

「あれはおやつに出されたお菓子が原因だったし、それもどこからの贈り物か分からなかったからおとがめなしって言われたでしょお?」

ボクが昏睡状態に陥《おちい》った毒が含まれたとされるのは、おやつに食べたケーキだ。それもおじいさまと親交の深い貴族の方からの贈り物って貰《もら》った物で、これまたその貴族の方はそんな贈り物してないって言ってるから、まだ犯人は分かっていない。貴族の贈り物って大体人づてに来るからね、分かんないの。

「ですが……精査せずにお出ししたのは私どもですから、殿下がお恨みになるのも致し方ないかと」

まぁ正直これがボクじゃなくて、オリヴィエーロ兄様だったりしたら、とりあえず厨房の人間は全員入れ替わっていたかもしれない。疑わしきは罰しろ、が王宮だ。

でも今回の被害者はボクだった。

みそっかすのどっちかって言うと目障りな末王子な訳で、王宮は犯人探しもろくにせずにスルー判定をした。

なぜって？

人を雇うのって、すごく大変だから。

ボクと母様だけの料理人ならそんなに気を遣わなくてもいいんだろうけど、何と言っても王宮で働く人材なのだ。その辺の町の料理人を連れてくる訳にはいかない。しかも王宮料理人となると基本住み込みだから王宮内に住むって事は、セキュリティ的にも変なのは置けない。王宮内に置いても問題がない、変な事をしない、甘言に惑わされたりしない、他国のスパイになる可能性もない、誠実で出自がしっかりしている、なおかつ客人を迎える時のためにも腕が良い、宮廷料理にも対応出来る、あいさつする可能性もあるから見栄えも良い（これは美形とかじゃなくて、清潔感があってキッチリしてるって意味ね）料理人。これが最低限の条件だ。

もうね、こんな人材を探す手間を考えたら、ボクが死にかけたくらいはスルーしようってなるよね！

「別に恨んでないし、王宮がシェフたちの残留を決定したのに、ボクにどうこう出来ると思った？」

ベディじゃないんだから、シェフならボクの権力が微々たるものだって知ってるよね？

「それは……ですが、お命の危険があったのですから、感情が抑えられない事もお有りかと……」

そう言ってシェフはチラリとボクの後ろのベディを見た。ん？

あ、あ～！

さてはボクが癇癪《かんしゃく》を起こして「ベディやっちゃえ！」てやると思ったな？

確かに、ボクがもしそれをしても、王宮はボクに特別罰を下す事はしないと思う。せいぜい余計な事しやがってクソガキがと思われて、更に株が下がるくらいだ。まぁ「あんな危ないのは廃位してしまえ」勢が更に勢いづくと思うけど。

こらベディ！「そうなの？」て顔して剣に手をやるのをやめなさい！

ボクが視線だけでベディにメッ！てしてると、シェフはようやく顔を上げて少し戸惑った様子を見せた。

「でしたら、一体なぜ……」

「戻りました！」

シェフの声に重なるように、女性の高い声が聞こえた。キッチンメイドの二人が配膳から戻ってきたみたいだ。

「ああっ！　殿下どうかご寛大なお心を……！」

ボクの前で床に膝を突いているシェフを見て、真《ま》っ青《さお》な顔をして駆けてくる。

わ〜ボクすっごい悪者みたい。

ボクの前にシェフとキッチンメイド二人が跪《ひざまず》いて青い顔でこちらを見上げている。だからさ、厨房の床ってあんまりキレイじゃないから汚れちゃうってば。

「殿下……この度の事の処分はどうか、どうか私に……！」

母様より年上っぽいキッチンメイドが震えながら頭を下げて言った。

「何を言っているんだ、ノーラ！　ここの責任者は俺《おれ》だ！」

「いえ！　いいえ、ジェフさんは必要な方です、どうかしがないメイドではありますが、私の首一つで……！」

シェフに怒鳴られても涙目で首を振るノーラに、もう一人のメイドは「はわわわ」と慌てている。

メリエルがいつも落ち着いているから、何だか新鮮だ。

「私が！」

「俺が！」

そうしている間もかばい合う二人。ジェフはさっきボクが罰しに来たんじゃないって説明して、納得したんじゃなかったっけ？　何だかヒートアップしているから口が挟めなくてどうしようかなと思っていたら、ベディが持っていた剣を鞘《さや》ごと床に叩《たた》きつけた。

その音にビックリして止まる三人とボク。

「ぼっちゃ……リエト殿下の御前だぞ」

おお！　ベディってば猫背を直したから、体の大きさもよく分かって迫力がある！

「も……申し訳ございせん……」

そう言って再び地に伏せる三人。えっとー
「とりあえず喋《しゃべ》りにくいから、立ってくれない？」

改めて、シェフたちに名前を聞いた。

「ジェフと申します」

シェフのジェフ？　分かりやすいのか間違えやすいのか。

「ノーラと申します」

「ビアンカです……申します」

年上のキッチンメイドの方がノーラで、若い方がビアンカ。

「リエトだよ。よろしくね」

知ってると思うけど、ボクも一応自己紹介をする。

「こっちがボクの護衛と毒見をしてくれるベディ」

「ベネディクテュス、です」

側妃棟で働く仲間だから元からあいさつはしていたみたい。ボクの前だから一応って感じでお互い礼をしている。てゆーかベディ、顔見知りをさらっと切ろうとしてたの？

「それでさ、ボクがこの間の毒殺未遂の事でここにいる人に罰を与えようとか思ってないから、そこは安心してね」

「え、本当ですか……？」

「ビアンカ！」

ビアンカが恐る恐るといった感じで問い返してくるけど、王族に対しての言葉遣いでも態度でもないから、ノーラにたしなめられている。

「うん、ほんとだよ。さっきもジェフにその話をしてたの。ボクが毒のお菓子を食べて、三日三晩生死の境をさまよっていたのは、ここの人たちには関係ないからね」

明るく答えたつもりだったんだけど、三人してヒュッと息を呑《の》んで顔を青くしている。あれ？

「ぼっちゃん……そういう具体的な話は恨んでいるように聞こえますぜ」

え、そう？　それは失敗。

母様や他の妃や側妃方がいつもこんな感じだから、無意識にうつっていたみたい。反省。

「ごめんね、本当に恨んでないんだよ。それよりも今日はお願いがあって来たんだ」

「お願い……ですか」

まだ三人とも顔色が悪い。

普通にお願いごとをしに来たんだけど、この話の流れだと脅しみたいになってないかな？　出直すべき？　ちょっと考えたけど、やっぱり『善は急げ』って言うから今日にしとこう。

「うん、あのね――」

「フンフンフーン♪」

ちょっと手間どったけど、無事目的を果たせたし、ジェフにはこれからもたまにお邪魔させてもらう許可を取ったので、経過は上々でボクは軽い足取りで側妃棟を歩いていた。もう少し仲良くなれたらお料理も教えてもらおっと。

あ、ボクがお願いしたら一介のシェフが断れないのは分かってるよ。でも「はい」って言ってもらうのは大事だよね。何て言うんだっけ？　ことじち？　げんち？

「ねぇベディ〜」

こういう時にぴったりの言葉が思いつかなくてベディを振り返ったら、ベディはあれほど伸ばすように言われた背筋を前みたいに丸めて、何だかどんよりとしている。

「どうしたのベディ？　また背中丸めてるとメリエルに鉄の棒を突っ込まれるよ？」

それを聞いてベディは反射的に背筋を伸ばしたけど、顔はどんよりのままだ。厨房では普通にご飯を物欲しそうに見たり、同僚を切り捨てようとしていたのに、どうしたんだろう？

「どうしたの？　何か嫌な事あった？　それとも思い出しどんより？」

ベディの下からどんより顔を見上げて尋ねると、ベディは何度か目をきょろきょろさせた後に、ボクの方を見ずに口を開いた。

「坊ちゃん……俺はそんなに頼りにならないでしょうか？」

「ん？」

ベディが何を聞きたいのか分からなくて、首を傾《かし》げて続きを促す。

「そりゃあ……俺は蛮族の生まれですし、王宮のマナーも分かってないかもしれねぇスけど、坊ちゃんの護衛と毒見を任されてんだから精一杯お守りしやす。でも坊ちゃんは………俺に頼らず自分で自分を守ろうとしてるじゃないですか……。俺は、そんなに………」

「精一杯やっても、守れるとは限らないよ？」

「ッ！」

ボクの言葉に、ベディが息を呑《の》んで、歯を食いしばる。

ああ、違う違う。そうじゃない。

「別にベディを信じていない訳じゃないよ。でも護衛と毒見は本来一人でやるもんじゃないでしょ？」

ベディは確かに護衛としてはマナーを知らないし、毒見としても知識が無い。でもボクのたった一人の護衛兼毒見だ。失うわけにはいかないのだ。

「そ……れはそうですけど、俺は毒には強いし……」

「だからって毒にあたっちゃったら、その間ボクの護衛はいなくなるんだよ？でもだからと言って今でさえいっぱいいっぱいのベディに毒見の作法や知識まで詰め込むのは無理だと思う。ベディがダメな子なんじゃなくて、普通に考えて護衛なんだから鍛錬も必要だしね。

そうなるとボクが勉強するしかないだろう。

「それに護衛対象としても、毒を受けた時も、本人が知識があった方が動きやすいでしょ？」

「それはまぁ……」

少しでも生存確率を上げていくために、ボクも努力しなきゃ。

「だけど……」

「ベディ、ボクにはベディしかいないんだよ」

「！」

護衛も、毒見も。

今後増える可能性は、多分低い。

「だから一緒に頑張って生き残ろうね！」

「坊ちゃん……はい！」

そしてかわいいお嫁さんと結婚して、幸せな家庭を築くんだ！

「誰《だれ》がどうやって生き残るって？」

えいえいお～と気合を入れていたら、耳に馴染《なじ》んでいない声がして振り返る。よりも早く、ベディが声の主とボクの間に瞬間移動していた。

ベディの足の陰から覗《のぞ》き込むと、そこには浅黒い肌に白い衣装をラフに着た少年……ラウレンス兄様が護衛も従者も連れずに一人で堂々と立っていた。

ここは側妃棟なので、基本的にお妃とその王子たちが来ることは無いはずなんだけど、ボクの目の前に第二妃の次男である第四王子のラウレンス兄様が立っている。

あれ？　ボクいつのまにか違う宮殿に来ちゃったかな？　と思ったけど、さっき自分のところの厨房から出たばかりだから、そんな瞬間移動はしていないはず。振り返ったら、まだ厨房が見えるし、うん幻覚じゃないな。

そう言えば、この間ベディからの初めての鍛錬を庭で受けた時もラウレンス兄様とオリヴィエーロ兄様がいた。おっと、それよりもまずはボクを守ろうとしているベディを下げないと、また不敬になっちゃう。

「ラウレンス兄様！　おひとりですか？」

ボクの言葉で、相手が王子と分かったみたいでベディが後ろに下がった。主人を守ろうとする姿勢は護衛としては優秀かもしれないけど、いい加減王家の人間だけでも顔を覚えようね。

ラウレンス兄様は、最初の自分の問いかけへの返答じゃないボクの言葉に、ちゃんと頷《うなず》いてくれた。

「側妃棟行くくっつったらうるさい奴《やつ》らばかりだからな、撒《ま》いてきた」

え～って思ったけど、ボクもこないだまで一人で王宮内を歩き回ってたから、言えた義理じゃなかった。まあ立場は同じ王子でもだいぶ違うんだけど。

とりあえず、王子同士の立ち話はまずいかも。長くなりそうならお茶に誘った方がいいかな。いや待てよ。まずはラウレンス兄様のご用事を確認した方がいいか。

「ラウレンス兄様は、どうしてここに？　よかったらご案内しますよ」

普段主塔にいるラウレンス兄様よりは側妃棟に詳しいと思って申し出てみると、ラウレンス兄様は海みたいな青い目を輝かせた。

「おう！　それなら厨房に案内してくれ」

んんん？　何だか嫌な予感がするぞ。

ボクがさっき行った時の厨房のみんなの反応を思い出してくれたら分かると思うけど、普通王子は厨房になんか行かない。まず用がない。身分が違うから会う相手もいない。ボクはあったけど、普通ないはずなんだ。しかもラウレンス兄様の言い方では、自分の住んでる棟じゃなくて、側妃棟の、しかもボクの家の専用厨房を指しているっぽい。

これは素直に連れて行ったら良くない事が起こりそうな予感。

「厨房ですか？　お腹が空かれているのでしたら、何か持って来させましょうか？」

ボクはあえてすっとぼけて言ってみた。それにラウレンス兄様はあっけからんと首を振る。

「違う違う。腹は減ってないし、厨房が直接見たいんだよ」

「見てどうするんですか？」

「そりゃ、調べるんだよ。お前を毒殺しようとした奴を」

うんん？

話が長くなりそうだし、このまま厨房に連れて行ったらシェフのジェフ始め厨房メンバーがご飯を食べられないし、何より一日に二《ふた》王子は精神面でもきついと思うから客間の方に案内する事にした。ベディに言って、急いで厨房とメリエルに声をかけてお茶と軽食を用意するように伝えた。

ボクらが客間に到着してほどなく、メリエルがお茶と軽食を持ってきた。

紅茶と焼き菓子を出され、お腹は空いていないって言ってたラウレンス兄様はバクバク食べてる。

ボクも一枚取って頬張《ほおば》る。バターが効いてて軽い食感でとっても美味《おい》しい。あ、これなら持ち運びも出来るし、女の子へのプレゼントとかにも良いかも！　今度作り方ジェフに教えてもらえないかな、て考えてたらメリエルと目が合った。冷たい目だ。そうだった、今はラウレンス兄様のご用事が第一だった。

「それで、どうしてラウレンス兄様がボクに毒を盛った人を調べているんです？」

ボクの質問に、兄様はやっとクッキーを頬張る手を止めて、紅茶でゴクリと飲み込んだ。

「むぐ、おー。いや、元はオリヴィエーロなんだよ」

「オリヴィエーロ兄様、ですか？」

そういえばこの間も一緒に来ていたな。

「そう。オリヴィエーロがさ、お前が毒を盛られて死にかけたって聞いて、犯人探しをするって言っててさ」

オリヴィエーロ兄様は正妃ツェツィーリア様のご子息で、ラウレンス兄様と同じ年だが王位継承順位一位の兄様だ。周囲は二人の王子を競わせているみたいだけど、この間も一緒だった事とこの口ぶりだと、意外にも仲良しみたい。

何で二人の仲を知らないのかって、そんなのボクが側妃の末席のみそっかす王子だからだよ。違う棟のお妃たちとその王子たちとは基本関わりがないし、年も離れているからどういう関係なのかっていうのも噂話くらいしか知らない。同じ年の兄様たちは位も近いし、てっきり王位継承権を争っているのかと思ってたけど、そうとも限らないのかな。

そういえば、第一王子のフィレデルス兄様なんてあんまり王位継承争いには興味がなさそうだったし、その実弟であるラウレンス兄様も……？　て思ったけど、二人のお母様はあのエデルミラ様だ。

兄様たちとはあまり関《かか》わりが無かったけど、お妃や側妃の皆さんの事のお話はよく聞いていた。主に母様のグチとかグチとかグチで。あのエデルミラ様が王位に興味が無いなんて事は……多分ない。あとエデルミラ様の故郷のエステリバリ王室も。

個人の気持ちだけではどうにもならないのが、王子のせちがらいところだね。

それにしても、兄様同士の仲は今は置いておくとして、何でオリヴィエーロ兄様はボクの毒殺未遂の犯人を調べようとしたのかって話。そんでもって、何でそれにラウレンス兄様も加担しているのかって事だけど……

「なんか面白《おもしろ》そうだから」

ラウレンス兄様の答えはこれだった。

面白そう……。ボク死にかけたんだけど……？

「いやー、長期休み期間って暇なんだよな。そしたら何かオリヴィエーロが面白そうな事してんじゃん」

「ヒマって……」

アカデミーに年二回ある長期休みは、貴族としての学習や社交に使われるはずなんだけど……。前にも言ったけど、専属の家庭教師も複数人付いているはずだ。

「宿題とかも出てるんじゃないですか？　もう終えられたんですか？」

ボクが聞くと、ラウレンス兄様が視線を窓の外に向けた。

あ、これ終わってないな。て言うか、宿題や社交から逃げたくてやってるな。

「ラウレンス兄様……」

「いや、でもほら！　作法の勉強よりも弟の命を狙《ねら》ったやつを調べる方がおもしろ……大事だろ？」

作法のお勉強がお嫌いなんですね。分かります。

「それで、どうやってお調べになるつもりだったんです？」

前回も言ったけど、ボクが毒を盛られていたのは出所不明の贈り物のお菓子だ。

ボクがいくらみそっかすでジャマな王子だとしても、王室は一応搬送経路は調べている。今更兄様たちが調べてもなにも出てこないと思うな。

「そりゃお前、まずは厨房の奴らを全員締め上げて吐かせて……」

わぁー物騒。

良かった、いち早く厨房から遠ざけて。ボク、グッジョブ！

「やめてください、うちのシェフたちをいじめるのは。贈り物のお菓子に盛られていたんですから、彼らは無関係ですよ」

「えー、じゃあ贈り物を持ってきた従者か！」

そう言ってボクの唯一のメイドのメリエルに視線を向けるから、慌てて飛び跳ねて間に入った。

「そんなのもう王室で調べてます！」

「むー、じゃあお前、おとりになれよ！」

「やですぅ！」

ラウレンス兄様はむちゃくちゃな事を言ってきたので、ボクも思いっきりブーって唇を突き出して拒否した。本当にただの暇つぶしみたいだ。

そもそもの話。

「て言うか、犯人なんか分かってどうするんですか？」

「どうって……自分を殺そうとしている相手を捕まえるのは当然だろう？」

でもボクの場合、それやると王宮から半分くらい人がいなくなっちゃうと思うんだけど。ボクの事、殺したいとまで思ってる人はもう少し少ないと思うけど、いなくなればいいと思ってる人で言ったらそのくらいは余裕でいると思う。

「つかまえたところで何にもならないですよ」

「何にもならない事はないだろ」

「ならないですよ。そもそもつかまえられるかどうか……」

「俺の事を見くびってるのか？」

ラウレンス兄様が、さっきまでのあっけらかんとした雰囲気を捨てて目をキッとさせた。後ろに控えているベディが緊張したのが分かるから、多分威圧みたいな事をしてるんだと思う。仮にも第二妃の御子息で、王位継承権も王子の中では四位だもんね。自分がやろうと思った事は大体かなってきてて、王子としてのプライドもあるんだと思う。

でもそうじゃないんだよな。

「そうじゃなくて、〝ボクを毒殺しようとした罪〟だけで、つかまえられるかなって話です」

実行犯のその辺の使い捨ての人間ならいけると思うけど、指示をした上の人となると……多分結構上の人か王族かだから、無理だと思うなー。

「？　どういう事だ」

ラウレンス兄様にはボクが言っている意味が分からないみたい。正統な王子様だもんね。エステリバリ王族の血も引いているし。死のうが生きようがどちらでもいい、むしろ死んだ方が良いと思われている王子がいるという結論に、たどり着かないんだ。

「失礼！　こちらにラウレンス殿下が……いた――――!!」

なんて説明したら帰ってくれるかなと頭をひねっていたら、その前にお迎えが来た。

「げぇ！　ヴィル！　何でここが……！」

「分からいでですか！　さぁ！　戻って勉強ですよ！」

ラウレンス兄様の家庭教師らしき人と従者っぽいのが二人、こちらが返事をする前に押し入ってきた。

普通他の王子のいる部屋に返答も待たずに入る事なんてありえないけどね。ナチュラルに失礼なのは主人に似たのか、主塔の方々はみんな同じ認識なのか迷うところだね。ベディがいち早くボクを庇う位置に来てくれてるからいいけどさ。

そんでもって、この人たちを呼んだのはメリエルだろうな。さすがボクのメイドさんは、仕事が早い。チラリと視線をやっても素知らぬ顔だけど。あれは多分早くこの席から退席して別の仕事をしたい顔だよ。まぁボクもラウレンス兄様のお相手をする時間はあんまりないから、助かったけど。

「あ、失礼いたしました。それではリエト殿下、ラウレンス殿下は回収させていただきます」

ボクを庇うように立つベディを見て、ヴィルって呼ばれた家庭教師の人は謝ってくれたけど、他の従者二人は軽く礼をしただけだった。

「ううん、いいよ～。じゃあね」

ボクはソファに座ったまま手を振った。ベディを下がらす事はしない。

「リエト！　また来るからな～」

なぜかラウレンス兄様はそう言って従者二人に抱えられるように連れていかれた。なんでまた来るんだろう。まだ何か用があるのかな？

「メリエル、あの家庭教師か従者とすぐに連絡を取れる経路を作っといて」

「もう確保済みでございます」

やっぱり、ボクのメイドさんは優秀だな。

六．✦ 転生王子、街に出る

「あれ？　いない」

いつものように温室に行くと、いつもフィレデルス兄様が座っているテラスに誰《だれ》もいない。ここへは毒草のお勉強に来ていたから、別にいなくていいんだけど、最近は毎日会っていたから何だか変な感じ。

図鑑とにらめっこしながら昨日の続きから温室のお花を見ていく。しばらくしたら、声を掛けられた。

「リエト様、そろそろ休憩をなさいませんか？」

誰もいないと思ってたからちょっとびっくりして顔を上げたら、見覚えのある執事がボクを覗《のぞ》き込んでいた。この人あれだ。フィレデルス兄様の執事だ。言葉が圧倒的に少ないフィレデルス兄様の通訳もしてくれる人だから覚えてるよ。

でも何でその人がボクに休憩をすすめるのかは分かんない。

「お茶のご用意は出来ておりますので、どうぞ」

そう言ってテラスに案内された。でもってフィレデルス兄様のいる時と同じように、お菓子が並べられたテーブルのイスを引かれて座る。

「なんでフィレデルス兄様の執事がボクにお茶を出すの？」

「イェレと申します。フィレデルス様から自分が不在の時にも、リエト様がいらっしゃったらお茶をお出しするようにと仰せつかっております」

そう言ってイェレは慣れた手つきで紅茶を注《そそ》いでくれた。ミルクもたっぷり。ボクはどうしようかな、と思ったけど、匂いだけ確認して少しだけ飲んだ。うん、大丈夫そう。

「フィレデルス兄様は今日はお留守なの？」

「はい、ご公務で出られております」

そうだよね、アカデミーの長期休みはただのお休みじゃなくて、家の事や社交をする大事な期間。フィレデルス兄様ともなれば、王族だし、もう来年は最上級生だしでとっても忙しいはずだ。連日温室で会ってた方が不思議なくらい。

「リエト様の事をお気になされておりましたよ」

「？　そうなんだぁ」

あの周りに無関心なフィレデルス兄様がボクの事を気にしてるって言うって、どういう意味だろう？　分からなかったから、適当な返事をしておいた。イェレは穏やかそうな顔でニコニコするだけだった。

アカデミーの長期休みっていうのは、一年に二回、丸々ひと月ある。これは前にも言ったけど、貴族としてのイベントがたくさんあるからなんだけど。

で、今は後期終わりのお休みだから一番の目玉イベントと言えば建国祭だね！

建国祭があるのは緑月で、王族貴族にとっては建国祭は絶対出なきゃいけない一番大事なイベントだよね。新年を迎えるのと同じくらい大事な行事だ。

あ、ちなみにだけど一年は七つの月に分かれてて、ひと月は五十五日だよ。前にも言ったかな？始まりの月が白月で、そこから青月・黄月・緑月・紫月・赤月・黒月の七月。

夢の中の世界は確か十二月《じゅうにつき》あった気がするから、大分少ない。でも十二って中途半端《ちゅうとはんぱ》だよね。あとひと月の日にちも月によって違うのも面倒くさいと思う。誰が決めたんだろ。

ともかく、だから夢の世界とは一年の日数が違うんだけど、まぁ誤差だよ誤差。

で、建国祭といえば王族にとっていっちばん大事なイベントで、地方の貴族もみんな集まるし、町でも出店がたくさん出て、花火も上がったり、とっても楽しいイベントなんだ！

「建国祭ですか……。多分毎回遠征に出てて参加した事ないですね……いや、あったかな？　花火は何か記憶ありますね」

「花火は新年の祝いの時にも上がりますから、花火を見たからと言って建国祭とは限りませんよ」

「え、じゃあ分かんねっス」

「ええ〜〜〜？　うそでしょ？　新年の時は雪とか降ってるくらい寒いし、建国祭は春だよ？　その違いも分からないの？」

ベディのビックリな反応にジタバタしながら抗議をするも、当の本人は首どころか腰から斜めになって唸《うな》っている。せっかくのお祭りをもったいない～！

「お祭りの日はみんなお仕事お休みにすべきだよ」

「皆が休んでは祭りが出来ないではありませんか」

ぶーと文句を言うと、メリエルから冷静なツッコミが入った。確かに。みんながお祭りに行っちゃったら、誰がお祭りの出店を出して、花火を上げるんだって話になっちゃうね。

「お祭りに関係ないお仕事だけ！　メリエルだって、お祭りの日はお仕事お休みでいいよって言っても休まないし」

毎年言ってるんだけど、メリエルは一度も建国祭に参加したことがない。

「メリエルはって、坊ちゃんはお祭りの時どうしてんですか？」

ボク？　ボクはそりゃあ……

「まだデビュタント前で公式の場には出られないし、護衛がいなくて外にも出られなかったから、お城から花火を眺めてたよ」

「！」

ベディがぶわっと涙目になって、メリエルを振り返って口をパクパクしてる。

「まぁ今年はそれ以前に建国祭中ずっと生死の境をさまよってたから」

「？」

建国祭は三日にわたって祝われるんだけど、ボクが毒を盛られたのがこの一日目なんだよね。てゆーか、どこにも行けないかわいそうな王子にプレゼントって感じで貰《もら》ったお菓子に盛られてたんだけど。

建国祭中は王宮は大忙しだから、お父様もボクを見舞う事はなかったし、ほとんどの兄様たちもボクが毒を盛られて寝込んでる事も知らなかったっぽい。多分だけど。

「ベディ、なんで泣いてるの？」

「何でって……あんまりっすよ、坊ちゃん……っ！」

ずびずびと鼻水をすするベディにメリエルが布を差し出し……じゃないな。投げつけた。

「汚いです、早くお拭きください」

「何も投げなくても……」

そう言いながらも、ベディはメリエルに投げつけられた布で思いっきり鼻をかんだ。

「ベディ、人前でお鼻をかむのはあんまりお行儀が良くないし、メリエルから借りた物でお鼻をかむのはどうかと思うよ」

人から借りたハンカチ、それも女の子の物に、鼻水をおもいっきり付けちゃうのってどうだろう。

洗って返されても微妙だよなと思って言ったんだけど。

「あ、悪ぃ……」

「いえ。それは使い古した雑巾《ぞうきん》なので、そのまま捨てていただいて構いません」

うん、問題なかったみたい！

「でも坊ちゃん、そんなにお祭りを楽しみにしてたなら、なおさら花火も見られなくて残念だったんじゃないですか？」

二人の仲良しコミュニケーションが終わって一息ついたところで、ベディからそんな質問をされた。

「花火を見られなかったのは残念だけど、これが最後の花火にならなかったからいいよ」

毒死してたらもう二度と見る機会がなかっただろうけど、生き残ったからね！

反応がないなと思ったら、ベディがまた口をパクパクしてた。絶句ってやつかな？

「ジョークジョーク。毒死ジョーク」

「全く面白《おもしろ》くないから止《や》めてください‼」

ベディがやたらと暗いから明るくしようと思ったんだけど、失敗したみたいだ。

「護衛《ベディ》が来てくれたからね、来年の建国祭には町の出店を見に行けるだろうし、今から楽しみだよ！」

護衛付きなら、少しくらい見に行けるはず！　本当にベディが来てくれて良かった～！　来年の建国祭まではどうか辞めないでほしいね。

そう願いを込めてベディを見上げたら、さっき雑巾で拭いた顔を『閃《ひらめ》いた！』と言わんばかりに輝かせている。だから護衛がそんなに考えが読める顔しちゃダメなんだって。

「俺《おれ》がいて外出が出来るんなら、今年の建国祭に行けなかった代わりに、これから町に行くってのはどうです？」

「え？」

ベディが軽く言った提案に、ボクは目をぱちくりしてしまった。

お祭りでなくても、護衛がいたら町に出られるの？

その発想はなかった。

あ、でもな～

「なんかまずいんですか？」

「なにかって言うか、ボクそもそもお城から出たことないからな～」

誰に言って、どうやって行くのかも分からない。

「ええっ？　生まれてこの方一度もですか？」

「ああ、二回くらい母様と里帰りはした事はあるよ」

ボクが歩けるようになった一歳半くらいの時と去年に、母様の実家のオーバリ家が治めているアグレル地方に行った。何せド田舎もド田舎なので、馬車で片道五日は掛かる。もちろん宿泊しながらだけど、幼児のボクにはかなりの長旅だ。

それに、王族に輿入《こしい》れしたのにあんまり長いことお城を離れるのも周りから見て良くないみたいだし。母様とボクの場合は、逆にいないのが普通にされちゃうって言うか、存在を抹消されそうでっていうのもあるね！

で、話は戻るけど、そんな感じでアグレルでは市《いち》とかにも行った事があるけど、それもおじいさまも一緒だったから〝領主様御一行〟としてで自由に出歩いてはいない。そもそもアグレルと王都では全然違うだろうしね。

「それって退屈じゃないですか?」

退屈?かなぁ……?

生まれてこの方ずっとそうだし、最近じゃ勉強も鍛錬もやる事がいっぱいすぎて時間が足りないくらいだけど。もちろん町を直接見たいって気持ちはあるけど。

「町には色んな店や人がいるんですよ?」

「!」

ベディの言葉に、ボクはハッとした。

そうだ……町には色んな人……女の子がいる!

王子としてでは八才のデビュタントを済ませないと社交の場に出られないから出会いが無い。正確には、王族は六才から王家主催の式典に出る事は出来るんだけど、ボクはそれもまだ。

でも将来市井《しせい》に下る事になる可能性もあるんだから、そっちの出会いの機会は今から作れるなら作っておくべきじゃないか?

それに街で女の子とデートする事もこれから有り得るんだから、ちゃんとどんなお店があって、何が流行ってるのかも知っておくべきだ! 流行が大事なのは、何も社交界だけじゃない! 女の子はいつだって流行に敏感な生き物だって、夢の世界の中でテレビってやつが言っていた気がする!

「よし、行こうベディ!」

「はい坊ちゃん!」

「ちゃんと許可を取ってからにしてくださいませ」

◆ ◆

なーんて、メリエルに水を差されたけど、側妃棟を取り仕切る執事を見つけて聞いたら、あっさりと許可は出た。

「拍子抜けでしたね」

王章の入っていないお忍び用の馬車の中で、ベディが不思議そうに言ってるけど、ボクは別に不思議じゃなかった。「いいですよ」って言うのは、「(どうでも)いいですよ」っていうのと同じだって分かってるから。でもこれ言うとベディがまた泣いちゃうかもしれないから、ボクはのんきに「そうだね〜」とニコニコしといた。

さすがに初めての町散策、という事とボクの年齢も加味して、お出かけ時間は短めに、貴族御用達の高級店の通りだけ、という約束をメリエルとした。本当はメリエルも一緒に行きたかったんだけど、お仕事があるからそんなに急には無理なんだって。今度はちゃんと予定を立てて三人で行きたいね。

貴族向けのお店の通りはさすがにキレイだった。オーバリの砂地の村と違って、地面は全部石畳だし、所々の石の色も違って何だかおしゃれ。建物も大きなのがキレイに並んでいて、おしゃれで高級感がある外観のお店ばかりだ。馬車を降りたボクとベディは、まずはどんなお店があるのか見て回ろうって歩いた。貴族は基本お店の前まで馬車で乗り付けるから、庶民の町と違って歩いている人は少ない。その分馬車の往来が多いので、手をつなぐように言われた。ボクはもちろん初めての町だから見るもの全部が新鮮でキョロキョロしちゃったけど、護衛のはずのベディまでキョロキョロしてるのは何でだろう。

「ベディ、あのお店は何のお店?」

「さ、さぁ……。中も見えませんし……」

うん、役に立たないね!

何で?

「いや、普通にこんな高級な所は初めて来やした……」

そう言われて、丸洗いする前のベディを思い出した。たしかに、あの格好なら来れないかぁ。となると、ここにいるのは初心者と初心者なわけで……案内役がいないよ!

困った。

何せ貴族向けの高級店ばかりなので、一見様お断り感がすごいと言うか……外からだと何のお店なのかよく分からないのが多いのだ。

どうしようかな~。一か八かで入ってみるかな? みそっかすの末王子だけど、王子は王子だから身分的な事で断られる事は無いと思うんだよね。でもボクにはまだ早い、大人の店とかだったら気まずいな。

道の真ん中でう~んと考え込んでいたら、ベディが急に手を放してボクを後ろに隠した。

「？」

え、なになに？　と思ってベディの足の陰から見たら、そこには手を差し出しかけている見覚えのある赤茶髪の少年が、ちょっと驚いた顔をした後、不機嫌そうにその翠《みどり》の瞳《ひとみ》をすがめた。

「アルブレヒト兄様っ？」

そう、それは第三妃マルガレータ様の長男、第二王子のアルブレヒト兄様その人だった。

アルブレヒト兄様は、緑のシャツにベスト、黒いズボンといったシンプルな出で立ちでボクを見下ろして、舌打ちをした。

「でけぇ声で呼ぶな。お前と違って貴族界で認知されてんだから」

ボクは確かにデビュタント前で社交界ではお披露目されてないけど、認知って言うと王様の子供として認められてないみたいな響きになるからやだなぁ。認知は一応されてるもん。でもボクが大きい声を出したのがいけないから、ちゃんと謝っておく。

「ごめんなさい、兄様。兄様はここにご用事……」

ですか？　と言いかけて、兄様の周囲に誰もいない事に気付く。

「何だよ」

「兄様、護衛や従者はどこですか？」

「ああ、撒《ま》いた」

「ええっ？」

アルブレヒト兄様は、みそっかすギリ認知のボクとは違い、正統な第二王子だ。何なら王位継承権順位もかなり上位の。これは王子だけじゃなくて、お父様の兄弟とか従兄弟とかも関《かか》わっててややこしいから、正確な順位は分からないけど。あ、第三王子のオリヴィエーロ兄様が第一位なのは確かなんだけどね。

ともかく、そんな大事な王子様が貴族街とは言え、一人でウロウロしてるなんて危なくない？

ボクがよっぽどビックリしたのが分かったのか、アルブレヒト兄様はバカにするみたいにハッて笑った。

「お前みたいなチビと一緒にしてんじゃねーよ。俺はもう十五で、騎士としての授業も受けてんだ」

たしかに、五才のボクと比べたら十才も上のアルブレヒト兄様は大人で強いだろうけど……大人なら護衛とか撒いちゃいけないいんじゃ……。

いや、待てよ？　アルブレヒト兄様は十五歳！

ボクは十五歳になった自分を想像してみた。

そう、お年頃だ！　この年ともなれば女の子とデートをしてもおかしくない年頃だ。それに護衛や従者が付いてきていては、確かに困る。

いいなぁ、アルブレヒト兄様はもうデートとか出来るお年なんだ。ボクも大きくなったらきっと……！　その時までにちゃんとデートコースとか考えておかなきゃ！

でもここには、経験値ゼロのボクとベディ…………と、もう一人。

「アルブレヒト兄様！　この後ご予定はありますか？」

ボクがガバッと兄様の腕にしがみついたから、兄様はビックリしたのか普通に答えてくれた。

「は？　別に、ねぇけど……」

「えっ無いんですか⁉　わざわざ護衛と従者を撒いたのに、お友達や女の子と遊んだりしないのですか？」

「うぐっ！　うるせぇな！　俺は一人で買い物がしてぇんだよ！」

「そんな人いるんですか⁉」

ええっ？　正統な血筋の第二王子でお年頃で女の子とデートしまくれるはずなのに、わざわざ一人でお買い物に？

ボクにはちょっと考えられないけど、アルブレヒト兄様はそうらしい。ハッいけない、人の主義を否定しちゃダメだ。世の中には色んな考えの人がいる。人と人は分かり合えないかもしれないけど、認め合って譲り合う事は出来る生き物だって、ご本で読んだよ。

「じゃあじゃあ、ボクもそのお買い物に付いて行かせてください！」

「はぁ？　何で俺がお前の面倒見なきゃいけねぇんだよ！」

「面倒は見なくていいです、ベディがいますから！　兄様の行くお店に付いて行くだけですから！」

ボクとベディだけじゃどこのお店にも入れそうにない！

こうなったらボクに合う合わないは置いておいて、どこかのお店には入りたい！　せっかく来たんだもん！　それにアルブレヒト兄様が行くお店ってなると、将来ボクの役にも立つかもしれないから、お勉強にもなるしね。

「おジャマしませんから～！」

足にしがみついて訴えると、アルブレヒト兄様はうぐぐって顔をした。貴族御用達のお店ばかりだから道を歩いている人は少ないけど、その少ない人が何？て感じでこっちを見てる。

アルブレヒト兄様は足をブンってしてボクを振り払った。吹っ飛ばされたボクは、ベディがナイスキャッチをしてくれたので、ちょっと目が回っただけだった。

「しょうがねぇから連れて行ってやるけど、うるさくしたら置いていくからな！」

やったね、案内人ゲット！

アルブレヒト兄様が最初に入ったお店は、三階建てで、一番下は白い壁だけど二階以上は黒いレンガと黒い木、屋根も黒の何だか大人っぽい外観のお店だった。扉を押して中に入ると、すかさず黒いベストとズボンの壮年男性が兄様に話しかける。

「これはアルブレヒト様、ようこそお越しくださいました」

「ああ」

お店の人に丁重に案内をされても、兄様は慣れた感じに返事をしている。

「そちらは……」

お店の人はボクの身なりと護衛を連れているのを見て、丁寧だけど少しいぶ…… いぶか？が？何かそんな、不思議そうに、ちょっとだけあやしい奴？みたいな顔で見た。

「身内だ。構わなくていい」

「お身内の……大変失礼いたしました」

お店の人は改めて、ボクに笑顔を向けて礼をしてくれた。これが王族の力！

「この店の支配人を務めさせていただいております、ベンジャミンと申します」

「リエトです！　よろしくお願いします」

「……以後お見知りおきをお願いいたします」

お店の人改めベンジャミンは、ボクの名前を聞いて一瞬の間の後、笑顔で言った。これがみそっかす王子の力！　さすがに貴族御用達の高級店の支配人は王族をちゃんとどういう立場か含めて知ってるみたい。

それはともかく、ここは何のお店だろう？　店内は高級感があって壁には絵とか飾ってあるし、テーブルやイスがいくつかあるけど、商品らしき物が見当たらない。家具屋さん？

そう思っているとアルブレヒト兄様は、ベンジャミンの案内で店内にあるソファに座ったので、ボクも付いて行く。

「本日はどのような物がご入用ですか？」

「そうだな、カフスと、あとはあまり派手じゃない装飾品を見せてくれ」

兄様の声を聞いて、店の奥から違う店員さんがいくつかの薄い木箱のような物を持ってきてテーブルに並べる。同じく、別の店員さんがお茶も用意してきた。覗き込むと、上面がガラス面になっていて、中に宝石の付いたボタンが並んでいた。

なるほど、ここのお店は貴族たちがお茶をしながら、欲しい物を持ってこさせて選ぶみたいだ。

さすが高級店だね！

「兄様、何か良い物ありましたか？」

「ん～……まぁ、この辺くらいか」

そう言って兄様は、ダイヤ形の青いボタン……カフスって言うの？を手に取る。そんな素手で持っていいの？て思ったけど、お店の人は何も言わずニコニコしてるから、いいみたい。

アルブレヒト兄様が手に取ったカフスを覗き込むと、とても鮮やかな蒼《あお》色で、光を受けてキラキラする様が海みたいだった。最近こういうの見た気がする。

「あ、フィレデルス兄様の目と同じお色ですね！」

「！」

あれ？　アルブレヒト兄様ったら高級なカフスを投げるみたいに戻しちゃった。お店の人もさすがにちょっと慌てている。

「………違うのを見せろ」

「かしこまりました」

「え？　しまっちゃうんですか？　とってもキレイなのに」

アルブレヒト兄様はボクの事を嫌そうに見て舌打ちをした。お行儀が悪いね。

「欲しけりゃお前が買えよ」

「え。うーん、別に欲しくはないですけど……ちなみにおいくらですか？」

ベンジャミンに聞いたら、スッと紙を渡された。高級店では値段は口に出して伝えるものじゃないらしい。

お値段ビックリ！　ボクのおこづかいじゃとてもじゃないが買えない。

一応町に出る許可と一緒に、執事からおこづかいを貰ってはいる。母様付きと言うか、側妃棟の執事がお金の管理もしているからね。

「むりです、ボクのおこづかいじゃ買えません」

「足りないなら王宮《いえ》にツケときゃいいじゃねーか」

ツケ！

なるほど、お金持ちだからって現金をいっぱい持ち歩いている訳じゃないから、そういうのも有りなのか！

でも別に欲しくないし、それをボクがやってもいいのかもあやしいな……。王室からボク用に用意されている予算って、多分アルブレヒト兄様よりずっとずっと少ないと思う。今日貰ったおこづかいも、もちろん庶民から見たら大金だけど、そんなに多くないし。

「ううん、いいです」

ボクが首を振ると、ベンジャミンはフィレデルス兄様の目の色のカフスが入った箱を下げて、違う箱を広げてアルブレヒト兄様もそっちを見始める。宝石のよしあしは分からないけど、どうもこのお店の物はボクのおこづかいでは買えそうにない。でもでも、いずれお金を貯《た》めて、女の子にプレゼントする時のために装飾品のお勉強もしなきゃと一緒になって見てた。

結局アルブレヒト兄様は蒼い装飾品は買わず、緑と銀のカフスと、赤い小さい宝石の入ったタイピンを買った。お支払いはツケだった。

「かっこいいです兄様！　大人の男って感じです～！」

「フン、お前に比べりゃそりゃそうだろ」

アルブレヒト兄様は憎まれ口を叩《たた》きながらも、嬉《うれ》しそう。

お店に入ってからの立ち居振る舞いや、支払い方法なんかとっても勉強になったな。ボクもアルブレヒト兄様くらい大きくなったら、こんな風にスマートにお買い物出来るかな。ボクは出来れば一人じゃなくてお友達や女の子と来たいけど。

ベンジャミンたちに礼をされながら店を出て、次に入ったお店は白い壁に木枠が何だかかわいらしい建物だった。ここも商談用のテーブルやイスはあったけど、壁際の棚にいくらか商品が並んでるみたい。と言っても、ボクの背では見えないからぴょんぴょんしてたら、アルブレヒト兄様に首根っこを持ち上げられた。

「兄様、首がくるしいです」

「見せてやってんだろうが」

兄様はまたチッて顔をしてボクをベディの方にポイっとしたので、ベディも再びナイスキャッチしてくれた。すごいねベディ。今日一日でキャッチ力急上昇じゃない？

で、改めてベディに抱っこされて商品を見ると、そこにはキレイな装飾の入ったペンや本のカバーなんかが並んでいた。どうやらここは文具屋さんみたいだ。兄様はペンを買いに来たみたいで、またお店の人に色々持ってこさせている。ここにある以外にも商品があるみたい。でもさっきのお店よりも、店内を見て回る人が多い。装飾品とかと違って、普通の貴族の子やお金持ちの平民も買いに来たりするみたいで、ちょっとフランクだね。

ボクはベディに抱っこされたまま、店内を見て回った。そこである物を見つけて、さりげなく近くで見守っていた店員さんに声を掛けた。

「あの、すみません……」

言ってから、お店の人なんかに声を掛ける時は、自分じゃなくて従者に声を掛けさせるものだと習った事を思い出した。でもそもそも従者はいないし、アルブレヒト兄様も一人だから普通に店員と話してるし、いっか。

「はい、御用でしょうか？」

白いシャツに黒いロングスカートをはいて、髪をしっかりと束《たば》ねた女性店員さんに尋ねられ、ボクも気にせずショーケースを指差した。

「あのリボンが見たいです」

ボクが指したのは、紫色に金の刺繍《ししゅう》が入ったリボンだ。

出してもらったリボンは絹なのかな？　ツヤツヤした触り心地で、近くで見ても派手すぎず、かっこいい。長さは二メートルくらいかな？

「これはおいくらですか？」

店員さんはニコリと笑って、小さな紙を差し出す。うん、買えるお値段だ。

「これを三本ください！」

「はい、お包みいたしますか？」

「うん、三つに分けてください」

物はリボンだから、紙袋にだけどキッチリキレイにラッピングしてもらった。

「坊ちゃん、リボンなんかどうするんですか？」

「装飾品にも使えるし、本や紙を束ねるのにも使えるんだよ」

「三本もですか？」

ベディは不思議そうにするけど、分かってないなぁ。

「オイ、行くぞ」

兄様の方もいつの間にかお買い物が終わったみたいで、ボクは慌てて追いかける。

「お前も何か買ったのか？」

「はい！」

「ふぅん」

兄様は聞いておいて興味なさそうに返事をして、それからもう帰るぞと言った。ボクも初めてのお出かけでメリエルに早く帰ってくるように言われてたから、一緒に帰る事にした。て言うか、アルブレヒト兄様が従者と護衛を撒《ま》いてるから、来た時の馬車が使えなくて一緒に乗せてけって。それなのにボクらが乗ってきた馬車を見て、貧相だなんだと文句を言ってた。

でも兄様のおかげで、町のお店にも入れたし、お買い物も出来たのでボクはにっこにこだ。

馬車は程なくして王城に着いた。

ちょうどボクらが乗っている馬車のすぐ後に、豪華な白い馬車が門に入ってきた。あれは王室用馬車だから、王族の誰かがご公務に使ったんだろうな。アルブレヒト兄様の後にベディに抱っこされて下ろされながら、ぼんやりと見ていると、馬車が停《と》まり、御者によって扉が開かれ、階段が用意される。

「あれ、フィレデルス兄様」

「げ」

ボクが呼んだのが聞こえたのか、アルブレヒト兄様の漏《も》らした声が聞こえたのか、いつも温室で見るよりもキッチリと豪華な衣装に身を包んだゴージャスフィレデルス兄様と、バッチリ目が合った。やっぱり兄様の目は海の色に似てるな～と眺めていると、こちらに歩いてきた。

「リエト、出掛けていたのか。……アルブレヒトと？」

フィレデルス兄様は全く感情が読めない顔でボクを見下ろした後、横に立ってるアルブレヒト兄様を見た。

「いえ、た……」

「そうだよ！　一緒に街に買い物に行ってたんだよ！　なぁ？」

「たまたま町で会った」って言おうとしたら、アルブレヒト兄様がボクの口を塞《ふさ》ぐように肩をガシッと強く抱き寄せて同意を求めてきた。

どうしよう、本当の事を言った方が良いのかな？　でもアルブレヒト兄様のおかげでお買い物も出来たしなぁ。う～ん、まぁいいか。

「はい、一緒にお買い物をしました」

そういう事にしといても、別に何も損はしないし。

「…………そうか、何を買ってきたんだ？」

「アルブレヒト兄様はカフスとタイピンとペンを買ったんですよね？」

「お、おう」

「……お前は？」

「ボクですか？」

よくぞ聞いてくれました！

ボクはポケットから三つの小さな紙袋を取り出した。

初めてのお買い物なのだ！　誰かに自慢したかったから嬉しい！

「じゃ～ん！」

「……それは？」

大げさに見せたのに、フィレデルス兄様は眉《まゆ》一つ動かさない。

「おみやげです！　ボクのとお揃《そろ》いのリボンなんです！」

一つはボクのだから、中を開けて、紫色のリボンを見せる。

「おみやげ？」

フィレデルス兄様の青い目が、ちょっと大きくなる。分かりにくいけど、驚いたのかな？

うふふ、初めてのお買い物記念で、初めてのおみやげにして、ボクとおそろい！　なかなかセンスがいいんじゃない？　モテちゃうんじゃない？

ボクは得意満面で答えた。

「はい！　メリエルとベディに！」

「…………」

「…………」

なぜだろう？　フィレデルス兄様の目から感情が消えた気がする。

あと何かアルブレヒト兄様も顔をしかめている。

アルブレヒト兄様何言ってるの？　ベディは今日ずっと一緒だったじゃん！

「誰だそれ」

「お前の護衛とメイドか」

「はい！」

フィレデルス兄様はよく知ってくれている！　ベディはちゃんと紹介したしね！

「ぼ、坊ちゃん……！」

王族同士の話に入れなかったベディの声が聞こえたので振り返ったら、でっかい体をプルプルさせて泣きそうだった。体は大きいのに、子ウサギのような護衛である。

「お、俺のためだったんですね……っ」

「うん、本当はもっといい装飾品とかにしたかったんだけど、ボクのおこづかいじゃ買えないからさ。リボンならそんなにジャマにならないし、お守りにも出来るでしょ？」

本当はベルトとかに付けられる飾り緒とかがいいかなって思ったんだけど、あの辺のお店にあるやつはボクじゃ買えなかったから。甲斐性のない主人で申し訳ないけど、今回はこれで我慢してほしい。

はい、て包みを差し出すと、ボクの手ごとベディのでっかい両手で包まれた。

「ありがとうございます……！　大事に、大事にします！」

プレゼントを喜んでもらえるのって、あげた方も嬉しいな。早く大きくなって、未来のお嫁さんに会えたらたくさんプレゼントしたい。それには甲斐性のある男にならなくては！

決意を新たにしていたら、正門じゃない方から何だか騒がしい声が聞こえる。

「ああっ！　いたあああああ？」

「アルブレヒト殿下あぁぁぁぁ？」

見ると、騎士らしき人二名と成人前っぽい銀髪の男の人が鬼の形相でこちらに走ってくる。

「げ、エリーアス」

どうやらアルブレヒト兄様が撒いた護衛と従者みたいだ。

「何一人で帰ってんですか、何勝手に動き回ってんですかあああ！」

とっても怒ってるように見える従者の大きな声に、フィレデルス兄様は眉間にしわを寄せてさっさと王城の方に入って行ってしまった。ボクも巻き込まれないうちに退散しよう。

何よりも、早くメリエルにおみやげを渡したいし！

「じゃじゃじゃじゃ〜〜〜ん！　ただいま！　メリエルにおみやげだよ！」

ベディと共に側妃棟の母様とボクのフロアに戻ると、どこから聞きつけたのかメリエルが出迎えてくれた。ボクは我慢しきれずにすぐにおみやげを披露した。

「……おかえりなさいませ、リエト様。私におみやげ、でございますか？」

「うん！　開けて開けて！」

お店の人に包んでもらった紙袋を受け取ったメリエルが、いつもの無表情で開けると中からリボンが滑り出てきた。ボクはメリエルの反応が気になって凝視しちゃう。どうかな、どうかな。

メリエルはちょっとだけその真っ黒の目を見開いた後、すぐに元に戻った。

「ありがとうございます」

ん？　これはどっちかな？

喜んでもらえた？　がっかりさせちゃった？

ボクはちょっと不安になって、メリエルの顔を色んな角度から見上げる。

「それ、ボクとベディとおそろいなんだよ」

そう言って自分の分を見せると、後ろでベディも自分のリボンを出してくれた。両方を見て、メリエルはまたちょっとだけ目を大きくした。

「……嬉しいです。大事にさせていただきます」

あ、あんまり嬉しそうじゃなくない……？

そりゃあメリエルはいつも同じ表情で、笑顔になってくれるまでを期待してなかったけど、想像以上の反応の薄さ！

人生初のおみやげ&女の子へのプレゼントの反応の悪さに、ボクはショックを受けたがそこでめげていられない。

「り、リボンいやだった？」

「いいえ。仕事中に付ける事は出来ませんが、大事にさせていただきます」

え？　リボン付けちゃダメなの？

母様付きの侍女は、母様にかしされた装飾品をよく付けていると思うけど。

「あの方々は貴族の生まれですし、奥様に付いて色々な場に出ますから」

メリエルにそう言われて、そういえばそうだったと思い出す。

王宮務めだから出自ははっきりした人しかいないんだけど、基本侍女って貴族出身で何なら行儀見習いでお嫁に行くまでの期間に就く子も多い。そもそも侍女は身の回りのお世話、メイドは家事がお仕事なんだよね。何でボクにはメイドしか付いていないのかは、うちの懐《ふところ》事情の問題なんだろうけど、メリエルのお仕事が多すぎるのは改善していきたいね。

「じゃあおそろいが嫌だった？」

「まさか。そもそも気に入らないなどと申しておりません」

そう言うけど、いくらメリエルが表情に出さないと言ってもすごく喜んでいるかどうかくらいはボクにも分かるよ。

「でも何か気になるんでしょ？　教えてよメリエル、ボクはすてきなだんな様になりたいんだ！」

ボクが重ねて教えを請うと、メリエルは小さくため息を吐《つ》いて、手の中のリボンを見た。

「強《し》いて言うならば、お色が……」

「お色が⁉」

そうか、そこは盲点だった！

ボクはキラキラしていてキレイな色だなと思ったんだけど、おそろいにするんだからボクだけの好きな色で選んじゃダメだよね！　言われてみれば、護衛のベディとメイドのメリエルが普段付けるのには派手すぎたかもしれない。もっと地味な色ならメリエルも普段から付けられたかもしれない。ああ〜〜〜王族だからそんな事思いつかなかった〜。反省、反省。

これから出会うボクのお嫁さんが王族である可能性は限りなくゼロだから、価値観のすり合わせは大事だよね。相手を思いやって護《まも》れる男にならなきゃ！

「ちなみにメリエルが好きなお色って何？」

まずは第一歩に、メリエルに直接尋ねてみた。

「灰色と、青灰色ですね」

灰色と青灰色……それって…………

「すごく地味な色だねぇ」

あんまり女の子が好みそうにないし、そもそもそんな地味な色の物は売っていなかった気がする。

ボクが素直に感想を言ったら、メリエルがすごく「ダメだコイツ」って顔になった。何で？　と思ったら、ベディまでもが「坊ちゃん……」と呆《あき》れ顔でボクを見ていた。

ベディに！　呆れられた……だ、と……⁉

初おみやげは百点満点とはいかなかったけど、次の日にはボクは気持ちも新たにする事にした。

初お出かけ、初おみやげまでは出来たんだ。これから成長していけばいいさ。そのためには、お勉強お勉強、とボクは側妃棟の図書室に向かった。

「坊ちゃん、本は俺が持ちますよ」

「いいのいいの、ボクが持ちたいの」

手には昨日買ったリボンでまとめた本。メリエルが改造してくれて、本の厚さに応じて長さ調節が出来る代物だ。自分で初めてお買い物をしたリボンはやっぱり嬉しくて、自分の手で持っていたいと思って本を抱えて歩いていたら、図書室のすぐ前に人の固まりを見つけた。

「あれ、満員かな？」

「いや、図書室は広いから大丈夫でしょ」

ベディがのんきに答えるけど、そういう意味じゃないよ。人数制限じゃなくて、権力による使用権限発動の方だよ。

何せ図書室の前には、側妃その一ナターリエ様のご子息であるノエル兄様とその護衛と従者たちと、側妃その二アンネ様のご子息であるディートハルト兄様とその護衛と家庭教師たちが睨《にら》み合《あ》っていたからだ。

周囲の大人たちが睨み合って言い合っている中、ノエル兄様はあくまでも自分が一番偉いって感じで、ディートハルト兄様は興味無さそうにと言うか、前によく見た感じ。目が死んでた。

あ、ここにボクが加われば側妃棟の王子勢揃いだね。王子同士では基本交流をしないから、この間のお食事会以来の勢揃いだ。

「う～ん、これは予定を変更して先に鍛錬をした方がいいかな？」

「え？　鍛錬の時間を増やすんです？」

嬉しそうに聞いてくるベディに、そうだった鍛錬にはメリエル監視がいるんだったと思い出した。でもボクの頼りになるメイドさんは、今はお仕事中で来れない。それすなわちボクの死を意味する。……というのは、ちょっと大げさだけど、大事故必至なので事前回避をしておく事にする。

「ううん、やっぱりお勉強する」

太めの眉をしょんぼりさせているベディを放っておいて、ボクは仕方なく人だかりに向かって歩き出した。こういうのって、夢の世界的に言うなら前門のとらと後門の……何だっけ？　多分強くて怖い動物の事だから、こっちで言うと〝前門のヒドラ、後門のケルベロス〟みたいな感じかな？

ボクが歩を進めると、最初にヒドラ……じゃなかった、ディートハルト兄様の護衛の金髪護衛、アードリアンだっけ？が最初にボクらに気付いて顔をしかめた。いいんだけどさ、高位貴族だって自負があるなら顔に出さないでよ。

その様子に気付いた他の大人たちもボクの方を向く。一気に視線を集めて、ボクってば人気者。

もちろんノエル兄様とディートハルト兄様もボクに気付いたので、ボクは兄様二人にニッコリしてみせた。

「リエト」

「なんだ、お前か」

兄様二人ともが口を開いたので、ボクも続けて喋《しゃべ》れる。

「こんにちは、ノエル兄様、ディートハルト兄様。ノエル兄様も図書室でお勉強ですか？」

ディートハルト兄様はほぼいつも図書室にいるけど、ノエル兄様と図書室で会うのは初めてだったのでそう聞いたのだが、ノエル兄様はバカにするみたいにボクを見下ろして鼻で笑った。

「課題をしに来ただけだ。そこのガリ勉と一緒にするな」

相変わらず、天使のようなお顔で口が悪い。

そんでもって、ノエル兄様の護衛や従者がクスクスと嫌な笑い方をした。

それにもちろん黙っていないのが、ディートハルト兄様の周囲の大人たちだ。

「ディートハルト殿下は大変優秀で学問がお好きなだけです。ノエル殿下はもうすぐに正式なデビュタントだと言うのに、学習計画が悪く間に合っていないと聞きましたが？」

メガネを掛けた家庭教師の一人が、意地悪な笑みで言う。悪いのはノエル兄様じゃなくて、ノエル兄様の家庭教師だってスタンスだ。あくまで王子たち自身ではなく、周囲の大人を貶《おとし》めているところがずる賢いよね。

「失礼な事をっ」

「どっちが先に！」

なんて終わりがなさそうな争いをしている。

やっぱりどっちも自分たちが優先されるべき、て感じらしい。

「リエト」

さてどうしようかなと思っていたら、ディートハルト兄様に呼ばれた。

顔を上げたら、兄様の目が生き返っていた。おかえり兄様の魂。

「この間の本をもう読み終わったの？」

「はい！　今日はもうちょっとむずかしい本に挑戦したいです」

そう言って本の束を持ち上げてみせたら、兄様の生き返った目がそこにくぎ付けになった。

「リエト、そのリボンは……」

あ、気付きました？　気付いちゃいました？

ボクが嬉しくて自慢しようと思ったら、サッと伸びてきた手に本ごと奪われた。ボクのリボン！

慌てて見たら、取ったのはノエル兄様だった。ノエル兄様相手では、ベディも手が出せなくて後ろでヤキモキしている気配がする。それが正解だから大人しくしていようね。

「ノエル兄様、そのご本が読みたいのですか？」

それならボクが今から返す手続きをしてくるから……と言いかけるが、ノエル兄様が興味があるのは本じゃなかったみたい。

「このリボンは、お前のか？」

問われて、自慢タイムチャンス再び⁉　とボクは意気揚々に答えた。

「はい！　昨日町にお買い物に行った時に買ったんです！」

町に行ったのも初めてだったたし、お買い物したのも初めてだったので、誰かに聞いてもらえるのはとってても嬉しい。なのでボクはにっこにこで、どんなお店で買ったかとか、そのリボンがとってもキレイだと自慢した。もちろん兄様たちはボクのリボンよりもいい物をたくさん持っているのは知っているけどさ、そういう事じゃないよね。

ボクが絶好調に自慢したら、なぜだかノエル兄様は眉間にしわを寄せながらも白い頬《ほお》を赤くして、ディートハルト兄様は半目になっていた。

「……………興《きょう》がさめた。課題は部屋でやる」

そう言ってノエル兄様はボクに本の束を乱暴に返して、回れ右して帰っていった。従者たちは慌てて追いかけてく。

ノエル兄様が去っていつものメンバーになったので、すぐに図書室には入れた。今日は家庭教師たちも一緒だから、一緒にお勉強は出来ないと思ったけどディートハルト兄様は「先にリエトの本を選んでやるから」と抗議する大人たちを振り切ってボクと本棚に向かってくれた。

その時に、さっきのノエル兄様の不思議な行動の意味を知らされた。

「リエトはノエルの応援をしているの？」

「おうえん？」

何の？と思ったけど、この王宮《いえ》の中で応援する事と言えば、真っ先に思いつくのは『王位継承者』だ。

それでなくても、誰かの応援をするという事は「その陣営に付く」という事だろう。なのでボクはますます首を傾《かし》げた。

「ボクは誰にも付いていませんし、ボクが付いたところで何もならないですよ?」

そう答えると、ディートハルト兄様はちょっと嬉しそうに、でも困ったように笑った。

「じゃあその色は持ち歩かない方がいい」

指差されたのは、さっきまで本を束ねていた紫地に金の刺繍のリボン。

ボクは言われた意味が分からず、じっとリボンに目を落としていたら、ディートハルト兄様が噛《か》み砕《くだ》いて教えてくれた。

「金と紫の組み合わせは、ノエルの髪と目と同じ色だろう? その色の組み合わせを持ち歩いていると、少なくともノエルに好意的だと思われる」

「ええ!」

ビックリ!

ただキレイな色の組み合わせだと思って買ったのに、ノエル兄様につながるとは!

つまりノエル兄様は、造形だけじゃなく色までキレイの象徴!? すごい! じゃなかった、そんな意味が……そこでボクははたと気付いた。

(灰色と、青灰色ですね)

「こういった事でも王宮内ではどう取られるか分からないから気を付けないと」

「ボクは……何ておろかなんだ……」

がくりと赤じゅうたんに膝《ひざ》をついた。

「リエト……。お前はまだ幼いから、これから少しずつ気を付けていけばいいよ」

優しくなぐさめてくれる兄様の声が耳に入らないくらいボクは落ち込んだ。

女心に気付けないにぶい男なんて〝すてきなだんな様〟マイナス百点だ！

自分の察しの悪さに落ち込んだけど、ボクはまだ五才なんだ。これを〝かて〟に成長していけばいいと思い直すようにした。

出来ればボクと同じ色の何かを買い直したいところだけど、そう簡単にお城の外には行けないし、何より……ボクの色って本当に地味で。灰色と青灰色なんて、もう全体的に濁っている色しかないのボクって！　せめて髪が母様みたいに青っぽかったり、目が他の兄様みたいにはっきりしたお色だったら良かったんだけど。

まぁ言っていても仕方ないよね。目の色や髪の色が変えられる訳でもないし。

ん？　夢の中の世界ではそんな物があったような……え、目の中に何か入れるってこと？　こわ！

ともかくボクは、心機一転これですてきなだんな様に向けて一つ成長出来た事にした。メリエルとベディにも謝りたいところだけど、ここで謝るのは無粋ってやつだ。

でもあのリボンが『ノエル兄様派』アピールになるならベディが目立つように身に付けていたらまずいので、「お守りにして部屋に飾っておいて」と言っておいた。ベディはボクが最初に言ってたベルトや剣の鞘《さや》に装飾品として付けようと思っていたみたいで残念がっていたけど、察してくれたメリエルと一緒に説得したら分かってくれた。

次のお出かけはいつ行けるかな？　と思いながらもボクは特に何もない日常に戻った。

と言っても、ボクだけが何もないだけで、ボクの周りの人たちは忙しそうだった。それというのも、アカデミーの新学期が近いのだ。

前にも言ったと思うけど、十二才から十八歳の貴族と一部お金持ちや優秀な子はみんなアカデミーに通う。王家《うち》からだと、ラウレンス兄様とオリヴィエーロ兄様から上の兄様はみんなアカデミーに戻る事になる。

アカデミーは王都から少し離れた郊外にあるから、通いではなくて全寮制。つまりアカデミー生の兄様たちはまたしばらく留守になる。

だからそれまでにやっておかなきゃいけない事、社交とかお勉強とか宿題とか。そういうのを今急いでやってる感じ。まぁ宿題が終わってないのはラウレンス兄様だけだろうけど。特に上の兄様たちは社交やご公務にお忙しいみたいで、ここ数日は温室に行ってもフィレデルス兄様の姿もない。なぜか兄様付きの執事……イェレだっけか、はよくいて「フィレデルス様が寂《さび》しがっておられましたよ」と言ってくる。この間までボクの存在自体をあんまり気にしていなかった兄様がそんな訳ないけど、ボク知っているよ。こういうのは『社交辞令』とか『リップサービス』って言うんだよね？　だからボクもスマートな大人の男を目指すために、「ボクもフィレデルス兄様に会えなくてさびしいです」と言っておいた。

フィレデルス兄様がいなくても、ボクが毎日温室に行く事に変わりはない。

だって温室はとってもとっても広くて、とてもじゃないが数日、数週間で全部のお花の確認は出来ないもの。

そんな訳で、今日もベディと一緒に温室に向かうわけ。

本棟の廊下は相変わらず広くて豪華だ。正直、この広いお城の中を毎日温室まで往復しているだけでも鍛えられそう。ううん、ボクはまだまだ若いんだから、これくらいを運動と言っちゃダメだよね。目指すは強くて頼れる男！なんだし。

ボクはいつも側妃棟から本棟を通って中庭にある温室に行く。側妃棟の方から中庭の方にも出れなくはないんだけど、そうすると広い広い中庭の迷路を通るか、騎士団詰め所を通らないといけない。どちらにせよ遠回りだし、メリエルからもベディからもなるべく建物内を通るようにって言われている。どこから何かが飛んでくるかもしれないし、他のお妃様や側妃様の息のかかった騎士がうっかり剣とか投げて、それが偶然歩いていたボクに刺さる、なんて事もあるかもしれないからね！　騎士団はおじいさまリスペクトの人が多いけど、おじいさまより雇い主の方が大事な騎士もいるだろうから、用心するに越した事はないね。

でも建物内を歩いていると、その分人に会う確率が上がっちゃうんだよね。

今もほら、前からボクをすごい目で睨《にら》んでいる騎士の格好の人がやって来るよ。

「リエト」

それでもって、そのガンつけ騎士の腰辺りの背しかない、極上の蜂蜜と同じ色をしたふわふわ髪のエアハルト兄様がボクの名前を呼んだ。

「エアハルト兄様、こんにちは」

ボクがニッコリ笑ってあいさつしたら、暗めの茶髪の騎士がボクをギロリと見下してきた。目付きが悪い人だなぁ。

「またこっちに来ているの？　お前の部屋はあっちの棟だよ？」

なかなかキツい言葉をごく自然に嫌味なく言われた。

エアハルト兄様は血筋第一主義のヘルツシュプルング家だから、悪気なく主棟と側妃棟は別物だって刷り込まれているんだろうな。その中でもボクは下の下だからね！　色々言われているんだろうなぁ。

だからボクも気にせず答える事にする。

「温室に行きたくて近道してました」

もろもろ省略して簡潔に答えたら、エアハルト兄様はますます不思議そうに首を傾《かし》げた。むぅ、エアハルト兄様もノエル兄様と同系の美少年だから、こういう仕草がとっても様《さま》になる。

「温室？　あそこは……」

「おー！　エアハルトにリエトじゃん！」

言いかけたエアハルト兄様の言葉に重なるように、元気な声と共にドサッと何かが落ちてきた。すぐさまボクとエアハルト兄様の前にそれぞれの護衛騎士が出るが、落ちてきた物の正体を見て下がった。

「何してんだ？」

「それはこっちのセリフです、ラウレンス兄様」

降ってきたのは元気いっぱいに定評のあるラウレンス兄様だった。

「いや、上からお前らが見えたからさ」

見上げると、廊下の中二階があったのでそこから飛び降りてきたのだろう。無茶するなぁ。

そんでもって、当たり前のように護衛騎士も従者もいないところを見ると、また逃げ回っているのだろう。

「ラウレンス王子、危険な行為はおやめください。お怪我《けが》をされたらどうなさるおつもりですか」

チクリ、と目付きの悪い騎士が忠告するが、ラウレンス兄様は全くこたえていない。

「このくらいの高さでケガなんかしねーって」

「そういう問題ではありません。それに王家の威信に関《かか》わります。もうアカデミーに通われる年なのですから、もう少し落ち着きを持ってですね……」

実にヘルツシュプルング陣営らしく、礼儀礼節気品を重視する発言だ。教育が行き届いているね。

ラウレンス兄様はあからさまに「うっせーなー」て顔して聞き流しているけど。

フィレデルス兄様もマイペースなところがあるから、エステリバリ国は自由な教育方針なのかな？

そんな事をぼんやり考えていると、いつも王族がいる所では大人しくしていたベディが珍しく口を挟んだ。

「不測の事態も考えて行動した方がいいです。何よりも、下にはぼっちゃ……リエト様とエアハルト殿下もいらっしゃったんですよ」

王宮内だし、主人の危険とあって兄様の護衛騎士もベディも物申したいみたい。

二人掛かりで注意をされて、ラウレンス兄様はぶぅとふてくされた顔をしたが、ベディを見て思い出したように目を輝かせた。

「あ！　お前確かリエトをずたぼろにして鍛えていた護衛か！」

ずたぼろになんてなってません！！

ちょっと足に擦《す》り傷《きず》が出来ただけです！！

「そういやお前赤軍《ルベル》出なんだって？　青軍《アスール》と違って実力で上がってきたんだから強いんだろうな」

なんて言うもんだから、エアハルト兄様の護衛の元々悪い目つきが更に吊《つ》り上がった。

「ラウレンス王子……お言葉ですが、アスールがルベルの者に劣るなど断じてございません」

キッパリと言い切るが、ラウレンス兄様も引かない。

「だってアスールのやつらは式典だ何だと綺麗《きれい》な鎧《よろい》を付けて行進の練習ばっかしてるじゃないか。それよりも現地で実戦を積んでいるルベルの方が強いだろ」

なあ、とボクとエアハルト兄様を振り返られても困る。ボクは軍の事なんてよく知らないし、下手な事言うとエアハルト兄様の護衛が爆発《ばくはつ》して矛先をボクに向けてきそう。

なんて答えようとエアハルト兄様を横目で見ると、相変わらずエアハルト兄様は笑顔だった。

「どっちが強いとかは分からないけど、アスールの騎士たちはいつもたくさん鍛えていてとても強いと思います」

エアハルト兄様の答えに、吊り目護衛の目がちょっと垂れた。ナイス兄様！　空気読み力が強い！

「それに式典は大切な事ですよ」

続く言葉にラウレンス兄様はまた嫌そうな顔をしている。基本的に、『式典』とか『礼節』っていうのが嫌みたい。

それは置いといて、アカデミーで思い出したのでボクも口を開いた。

「ところでラウレンス兄様、もうすぐアカデミーのお休みが終わりますけど、課題は終わったんですか？」

前にも全然やってない様子だったので、気になっていたのだ。すると兄様の顔色はさっと変わった。あ、これまた逃げ回っているな。

そう思ったのはここにいた全員みたいで、呆《あき》れた視線がラウレンス兄様に集まるが、兄様はめげなかった。だてに今までサボっていない。

「そ、それよりもお前ら何で一緒にいたんだよ！　珍しいじゃん！」

完全に話を逸《そ》らしたいための質問だけど、第二妃の次男であるラウレンス兄様はここにいる人間の中では一番立場が上だ。まぁエアハルト兄様とは同等だけど、年上だからね。仕方なく応じる。

「ボクは温室に行く途中だったんですけど」

「それでたまたま会って話していただけです。そうだリエト。さっき言い損ねたんだけど」

そういえば何か言いかけた時にラウレンス兄様が降ってきたから話が中断されていたね。

エアハルト兄様がさっき言いかけていた言葉を続けた。

「温室は、フィレデルスお兄様の場所じゃないの？」

どこかで最近聞いた言葉に、誰《だれ》出の発言かはすぐに分かった。

何て言ったってエアハルト兄様は、その人物の実の弟だからね。ボクに言ったようにエアハルト兄様にも何度も言っていたんだろう。ボクはアルブレヒト兄様に答えたのと同じように言おうかと口を開いたけど、その前にラウレンス兄様の大きな笑い声が響いた。

「そんなわけないじゃん！　あの温室は兄様《あにさま》が生まれるずっと前からあるんだぜ？」

ラウレンス兄様はみんなの視線を浴びながらも、お腹《なか》を抱えて笑ってる。

何がツボに入ったのか分からないけど、ラウレンス兄様はフィレデルス兄様の実の弟だから、ボクらよりもフィレデルス兄様の事をよく知っているのだろう。

「どうせそれ言ったの、アルブレヒト兄様だろ？　あの人もこりないな〜」

こりない、とは何の事だろう？

「どおりで温室に誰も近付かないわけだ。まぁ兄様《あにさま》には都合が良かったんだろうけど」

それからボクに目を向けた。

「俺《おれ》は興味が無いから行かなかっただけだけど、リエトは入っているんだろ？」

「はい」

素直に答えたけど、エアハルト兄様はまだどこか納得がいっていない顔をしている。実の兄に教え込まれた事が違うと言われて戸惑っているみたいだ。

「じゃあこれから行ってみるか、三人で！」

「え！」

ラウレンス兄様の提案に、エアハルト兄様は目を丸くして驚いた。

そんな大層なものじゃないと思うけど……ラウレンス兄様、課題をしないための時間稼ぎをしているだけだろうし。

中庭で寄り道をしたがるラウレンス兄様に注意しながら、ボクとエアハルト兄様、ラウレンス兄様、そしてベディとあの目付きの悪い騎士で温室にやって来た。なんせ中庭の反対側は騎士団詰め所だからね、自分から温室に行くって言いだしたのにふらっとそっちに行きそうになっちゃうんだ。よっぽど鍛錬とかが好きなんだろうね。

そしてやって来ました温室！

なんて、ボクは何度も入っているから何とも思わないんだけど、エアハルト兄様は見上げてちょっと緊張している。近くで見るの初めてなのかな？　確かに、王宮内の温室とあって大きくて豪華だもんね。

すごく天井《てんじょう》が高いドーム型で、日の光を入れるために、鳥かごみたいになっている隙間《すきま》にガラスが嵌《は》められている不思議な建物。

中は一年中色んな花が咲いていて暖かくて綺麗だけど、国内の植物の研究や種の保全のためでもあるらしいよ。このあいだフィレデルス兄様が言ってた。たしかに、でなきゃこんな大きな建物いっぱいの植物の管理なんてお金がかかって仕方ないものね。

人が二人並んで通れるくらいの幅の舗装された道がちゃんとあって、その両側には植物がいっぱい。何なら温室内に池もあったりする。

エアハルト兄様は上を見て、横を見て、キョロキョロしてる。

「すごい……」

「すっごく広いですよね」

ボクが答えたら、独り言だったみたいでビクってなったけど、すぐに笑顔で返してくれた。

「うん、それに植物の数も多いね」

エアハルト兄様も植物が好きなのかな？　だったらフィレデルス兄様と気が合うかも。

対してラウレンス兄様は歩みを止めることなく迷いなくずんずんと進んでいく。十三才と五才の歩幅の差があるから、ボクはほぼ駆け足で付いて行っている。どこに向かって歩いているのか、ちゃんと決まっているのかなとちょっと不安になりながらボクが遅れだしたらラウレンス兄様が急に足を止めて戻ってきた。

「わあっ」

どうしたのかなと思って見上げたら、お腹を抱えて持ち上げられた。

「遅すぎるからもう抱えていく」

「自分で歩けますっ」

「ちょこちょこ歩かれちゃたどり着けないだろ」

ちょこちょこなんて歩いてませんー！　スタスタでしたー！

「足の長さを考えてください！　てゆーか抱っこならベディにしてもらいます」

そう言って降りようとするが、ラウレンス兄様はいっこうに離そうとしない。後ろでベディがボクの言葉を聞いて受け取ろうと手を出しているけど完全無視だ。

「これくらいの重さならちょうどいい負荷になる」

なんて言ってどんどん進んでいく。

負荷扱い！

てゆーか鍛錬？　普通に移動するだけでも鍛える事を考えているの？

ボクもこのくらい鍛えないと強くならないのだろうか……と一瞬思ったけど、ボクは未来のお嫁さんを守れるのと「かっこいい」と思われるくらいでいいから、そこまでしなくていいのかも。

なんて考えている間もラウレンス兄様はボクを抱えたままよどみなく歩くし、ボクの主張は無視だし、兄様に意見出来るのはエアハルト兄様くらいだけど見ると温室に夢中みたいだ。いつまでこの格好のままなんだろう、と虚無感すら覚え始めたあたりでラウレンス兄様の足がまたピタリと止まった。顔を上げると、道の先に見覚えのある執事と騎士の格好の人が立っていた。青い髪のまだ若そうな執事は確か……

「イェレ」

ラウレンス兄様が名前を呼ぶ。

そうそうイェレ。フィレデルス兄様付きの執事だよね。

「ラウレンス様、珍しいですね。温室においでになられるなんて。よろしければこちらにどうぞ」

落ち着いた声で促され、ボクら一行はフィレデルス兄様がいつもご本を読んでいるテラスに案内された。ちなみにボクは依然ラウレンス兄様の小脇《こわき》に抱えられたままである。

「お〜こんな所あったのか。前からあったっけ？」

「テラス自体は以前からございましたが、フィレデルス様がよくご利用されるようになってから少し改装もされております」

なんて言いながら、イスを引くのでボクはようやく地上に降りられた。と思ったらすぐにイェレが「失礼します」ってボクを抱き上げてクッション付きのイスに乗せた。

みんなすぐにボクの事を持ちげるけど、荷物かなにかだと思ってない？

今に見てろよ！　すぐににょきにょき伸びて鍛えてムキムキになってやるんだから！

「そのクッション……リエトのため？」

メイドにお茶を配られていて、急遽三王子のお茶会が始まる中、エアハルト兄様がボクを指差しながらイェレに聞いた。

ここにあるイスだと、ボクの座高じゃテーブルに届かないからね。

フィレデルス兄様がいる時は大体フィレデルス兄様のお膝《ひざ》に乗せてもらうんだけど、いない時はイェレがいつもクッション付きのイスに座らせてくれる。そういえば最初は無かったっけ、コレ。

「はい。リエト王子の身長ではこちらのイスでは届きませんので」

「何でそれをフィレデルスお兄様付きの執事であるお前が用意するの？」

「そのフィレデルス様からのご指示でございます」

あ、そうだったんだ。

ボクはてっきり、イェレが気を利《き》かせたのかと思ってた。

もしかしてフィレデルス兄様はお膝に乗られるのうっとうしかったのかな？　今度から兄様がいる時もクッションをお願いしよう。

「へぇ～兄様が人の事を気に掛けるなんて珍しいな」

お茶を一気飲みして、すぐに二杯目に口を付けているラウレンス兄様が感心したように言っている。その手には焼き菓子も複数握られている。よく食べるのも強くなるのには必要かな？とボクも手を伸ばして二枚頬張《ほおば》ってみる。

「リエト、あまりフィレデルスお兄様のお邪魔をしてはいけないよ」

「おふぁまふぁひてふぁいふぇふよ」

「何言ってるか分かんねー」

エアハルト兄様に注意をされたので答えたら、ラウレンス兄様が大笑いした。

焼き菓子二枚はボクの口には多すぎた。紅茶で何とかごっくんして、もう一回同じ事を言う。

「おジャマはしてないですよ。そういうお約束ですもん」

最初に温室に来た時に、『邪魔だから去れ』って言われて『おジャマはしません』って約束して、そのまま居させてくれているからおジャマではないと思う。

「はい。フィレデルス様はリエト王子を邪魔だとは思われていません」

ほらーイェレもこう言ってる！

納得いかない顔をしているエアハルト兄様だったけど、ラウレンス兄様が口を挟んだ。

「兄様はジャマだと本当に追い出すから、リエトはジャマしてないんだろ。アルブレヒト兄様は話しかけまくって追い出されたんじゃねぇの？　現に俺も来た事あるけど追い出されはしなかったし」

何でここでアルブレヒト兄様の話？と思ったけど、そういえばさっきもエアハルト兄様はアルブレヒト兄様から何か聞いたみたいに言ってたな。

ボクが温室に通い出してからすぐに摑《つか》まって尋問もされたし、やっぱりアルブレヒト兄様はフィレデルス兄様に温室から追い出された事があるみたい。どんまいだね。

「ラウレンス兄様はここに何度も来た事があるんですか？」

質問の相手をボクからラウレンス兄様に変えたエアハルト兄様。その隙に焼き菓子をもう一個頬張る。これ以上食べたら夕飯が入らなくなっちゃうかもしれないから、これで最後にしよっかな。

「ん～何回か。小さい時に兄様を探して入った事があるぞ。それこそコイツくらいの年の時に……」

ボクを指差して止まったラウレンス兄様にどうしたんだろうと首を傾げたら、兄様も首を傾げた。

「お前くらいの……お前、リエトって何才だ？」

ズコー
思わず夢の中の世界で見たゲイニンさんみたいにひっくり返るところだった。それやったらイスから転げ落ちちゃって危ないからやめたけど。

お城の人はみんなボクに興味がないとは思っていたけど、血のつながった（と思《おぼ》わしき）兄弟でもこれとは！

いや、でも仕方ないか。基本王室では子供が生まれてもすぐには発表しない決まりになってるし、そもそもボクは生まれた時にすぐに王室入りしてないしね。

ボクが出来たって分かった時におじいさまはすぐに王室に認知しろって迫ったけど、何せ王様の子供だから、揉《も》めに揉めて時間が掛かって、母様が側妃入り出来たのは一年以上経《た》ってから。その時にはボクももう生まれているから、王室の人はボクがいつ生まれたのかもあやふやだと思う。主塔の方々にいたっては、ボクの存在そのものに興味がなかったりするから、年もあやふやでも仕方ない。

なのでボクは気にせず元気よく手を広げて答えた。

「五才です！」

ラウレンス兄様もエアハルト兄様も「ふーん」って反応。

「まぁそんくらいの時に兄様《あにさま》にくっついて来たけど、特に面白《おもしろ》くなかったから何回か付いて行って止《や》めたかな」

ラウレンス兄様が五才の時って言うと、フィレデルス兄様は九才か。その頃から温室に行っていたんだ。

「だから別に温室に行くのに身構えなくていいんだぞ？」

「そう……ですか」

ラウレンス兄様に言われたから、エアハルト兄様は納得しきれてないけどとりあえず頷《うなず》いているみたいな感じだった。

「エアハルト兄様も植物がお好きなんですか？」

植物のお話ならフィレデルス兄様もお話ししてくれますよって言おうとしたら首を振られた。

「ううん、植物は別に。前からこの建物を中から見てみたかったんだ」

なるほど、大きくて立派な建物だから気になっちゃうよね。

見ているだけならフィレデルス兄様も……ボク最初に「いるだけで邪魔だ」って言われたな。

「静かにしていたら大丈夫だと思いますよ」

ボクと違って第三妃の王子であるエアハルト兄様だから邪険に追い出される事はないと思うけど、一応アドバイスしておく。下手したら、第二妃陣営（フィレデルス兄様）ｖｓ第三妃陣営（エアハルト兄様）みたいな事になっちゃうからね。

「リエトは、ここに来て何をしているの？」

訊《き》かれたので、ベディを振り返ったら察して図鑑を差し出してくれたのでじゃ〜ん！て立てて見せた。

「ここにある植物を図鑑で調べています！」

毒になるやつと薬になるやつだけだけどね！

「リエト王子は大変熱心ですので、同じ植物を学ぶ者としてフィレデルス様も気にかけていらっしゃるんです」

ボクが学んでいるのは、毒と薬になる植物だけだけどね！

「へぇ〜。リエトは勉強が好きなんだ」

そう言って図鑑をペラペラめくるエアハルト兄様に比べ、ラウレンス兄様は苦いお茶でも飲んだみたいな顔をした。

「兄様もリエトも、勉強が好きなんて気が知れねぇな」

「ラウレンス兄様は鍛錬がお好きなんですよね？　ボクは色んな事を知るのが好きです」

未来のお嫁さんのためにね！

「エアハルト兄様は何がお好きですか？」

今までほぼ交流がなかったから、陣営の特色は知っていても兄様たち本人の事についてはほとんど知らないなと聞いてみた。未来のお嫁さんにもこんな風に好きな事や物を聞いて仲良くなりたいな。

そしたらエアハルト兄様は緑色のキラキラしたお目目を丸くしてた。

「僕の……好きなもの？」

ボクが知っているのは、血筋第一主義なヘルツシュプルングの家系で第三妃の次男。

蜂蜜色の髪に緑の目のキラキラ美少年。お友達がたくさんで、いつもニコニコで気遣いの出来る男。たまにビー玉みたいな目になっちゃう。それがエアハルト兄様だ！

あれ？　完璧《かんぺき》じゃない？

ボクが目指すモテる男じゃない？

そう気付いたら俄然《がぜん》エアハルト兄様の事が聞きたくなって、ボクはワクワクして兄様の答えを待った。兄様はしばらく考え込んだ後、ポツリと呟《つぶや》いた。

「綺麗な物が、好きだな。この温室みたいな」

さっき植物には別に興味がないって言っていたよね？　じゃあ……

「建物とかお部屋を見るのが好きなんですか？」

インテリアって事かな？　オシャレ！

「そう……うん。そうだね。服や小物を見るのも好きだな」

やっぱりオシャレ！

「確かに！　エアハルト兄様いつも素敵なお召し物ですもんね！」

センスが良くてオシャレで社交的な美少年なんて、エアハルト兄様完璧すぎ？

師匠って呼んじゃダメかな？

「はわ～社交界の子供たちの間では、今そんなのが流行っているんですね～」

その後もエアハルト兄様はパーティで集まる子供たちの間で流行っている遊びや小物を教えてくれたりした。今年九才のエアハルト兄様は社交界デビューしたばかりだけど、流行ものにすごく詳しかった。基本的にオシャレな物が好きみたいで、流行に敏感なんだね。

「女の子の間では、折りたためる手鏡が流行っているらしいよ。蓋の装飾が凝った物で、特に動物柄が人気だね」

「へえ～！　なるほどです！」

ボクがデビュタントする時には流行は違うかもしれないけど、流行って巡る物だって夢の中の世界で聞いた覚えがあるから、心のメモにしっかり書き込んでおく。

「女の間で流行っている物なんてどうでもいいだろ。それよりもエアハルト、お前鍛錬はしてるのか？」

ボクとエアハルト兄様の話をつまんなそうに聞いていたラウレンス兄様が話を変えた。

フッ、ラウレンス兄様は十三才にもなるのに、お子様だなぁ。

「お前なんかムカつく顔してるぞ」

丸テーブルの向こう側からラウレンス兄様の腕が伸びてきてでこぴんされた。いったい！　あまりの痛さに涙目でおでこを覆《おお》ってるとイェレが濡《ぬ》れた布を差し出してくれたので、それで冷やす。

「ちゃんと毎日時間を取ってやっていますよ」

「ならいいけどよ、おべっか使う騎士のぬるい鍛錬で満足してちゃ強くなれないぜ」

エアハルト兄様たちにもなると、やっぱり周囲にはお世辞を言ったりおだてたりしてくる従者や騎士がいるんだろうな。ボクにはいないけどね！　うちのメイドは本心しか言わないし、口撃でメンタルを抉《えぐ》りにくるよ！　最近はモップを使って身体的攻撃も身に付けつつあるよ！　強い女の子って素敵だね！

「……大丈夫です、分かっていますから」

ニコリと笑ったエアハルト兄様の目がまた空虚な色になっていた。主塔の皆様も大変みたいだね。

エアハルト兄様の後ろであの目付きが悪い護衛騎士が何か言いたげにしていたから、じっと見上げていたら気付かれて睨まれた。見ていただけなのに……。

「その点リエトはいいよな！　身分関係なく叩《たた》きのめしてくれる騎士に鍛錬付けてもらえて！」

いやいやいやいや！

めちゃくちゃいい笑顔で言われたけど、違うから！　エアハルト兄様も「え？」て顔してるし、イェレと何ならエアハルト兄様の護衛も「え？」て顔してるし！

「ちがいますぅ！　あの時は初日でたまたま半ズボンで傷が出来ただけで、叩きのめされていませ

ん！」

「土まみれだったのに？」

「あれも地面に転がっただけで、叩きのめされてなんていません！」

必死で言い返すと、騎士は「なんだ」って顔したけど、イェレはまだ眉《まゆ》をひそめている。執事な彼には傷とか汚れが付くのがもう問題なのかもしれない。でも運動していたら汚れるのは当たり前だし、傷もそりゃあ出来る事もあると思う。

ベディは確かに狩猟民族思考でちょーっとまだ王都にも王宮にも馴染《なじ》めていない気がするけど、ケガするような鍛錬は……今はまだ……いや、今後も多分……メリエルが見張ってくれているから大丈夫だと思う！　ちょっと不安になってきたから、あとでメリエルも交えておはなし会をしよう。

一方ラウレンス兄様はよっぽど赤軍《ルベル》が気になるのか、

「でも現場で戦っているルベルの兵だったんだろ？　絶対そっちのが強くなれんじゃん」

なんて言うもんだから、ま～たエアハルト兄様の護衛の目が吊り上がってる。このままいくとおめめが縦になるんじゃなのかな。そんでもってそのギリギリ目をこっちに向けてくるのもやめてほしい。

「お前さ、ルベルでどこの部隊にいたの？」

「ベディ、訊かれたら喋《しゃべ》っていいんだよ」

ボクが言うと、ベディはおずおずと口を開いた。

「ハッ、第十五部隊所属でありました。ベネディクテュスと申します」

背筋を伸ばしてハキハキ答えられたね。

よしよし、と思っているとガン付け騎士……もういい加減面倒だな、エアハルト兄様に名前を聞こう……が今度は呆れたような息を吐いた。

「第十五部隊……辺境の調査部隊ではないか。なぜそんな末端も末端の部隊の者が王宮にいるのだ、場違いな」

それはベディの希望もあってだけど、ほぼナターリエ様の差し金みたいなんだけどそれを言っても仕方ないから黙っておこう。それよりもラウレンス兄様が大変だ。

「辺境の調査⁉　危険な未開の地にも行くのか？」

「は、はい。お……私は元々クバラの狩猟民族の出でしたので、そういった所には慣れてました……」

「クバラの狩猟民族だと？　それは狩猟で生計を立てているのか！　その地だけの武器とかあるの

か？」

と、このようにガン付け騎士の思惑と真逆で大興奮である。めちゃくちゃ嬉《うれ》しそうです。

本当に戦い関係の事が好きなんだな～と感心しながら、蚊帳《かや》の外になったのでエアハルト兄様にガン付け騎士の名前を聞いておく。

「ああ、彼は僕の護衛騎士をしているオルフィエルという名前だよ」

そしてそれを聞こえないふりをしてあいさつをしないオルフィエル。みそっかす王子とは口も聞きたくないのかな。さすがヘルツシュプルング陣営……と思ったけど、それにしては第十五部隊がどういった部隊かまで分かるの詳しくない？　ルベルって隊が十八個もあるらしいから、十五って聞いてすぐに分かるって、かなり詳しいよね。ディートハルト兄様の護衛騎士はルベル全体の事しか言ってこなかったのに、オルフィエルはルベルの内部に興味があるのかな。

なんて思っていたら、ベディに興味津々だったラウレンス兄様がこちらに勢いよく振り向いた。

「ズルいぞリエト！　お前だけルベルの、しかも狩猟民族の騎士に鍛錬を付けてもらうなんて！

俺も……」

「俺も、何ですか？」

ラウレンス兄様の言葉にかぶさるように、ボクの後ろの方から低い声がした。

青い顔をして固まるラウレンス兄様とその声に体ごと振り返ると、以前見た事がある薄茶の髪の男と、やたら大きくて分厚い体の紺色の髪の男が仁王立ちしていた。

薄茶の髪の人は確か、以前もラウレンス兄様を連れ戻しに来ていた家庭教師だっけかな。ボクとエアハルト兄様を見て礼をした。

「ど、ドミニク……！　どうしてここが……っ」

一方のごつい体の男に、ラウレンス兄様が後ずさる。

あれ、この人体格的に騎士だとばかり思っていたら騎士服を着ていない。え、もしかしてこの体格で従者か家庭教師なの？

ラウレンス兄様はすごく驚いているけど、ボクのメイドさんだってそこの家庭教師との連絡手段を持っているんだから、同じ陣営のイェレが持っていない訳がないよね？　家庭教師たちから逃げているのに、どうして同じ第二妃陣営のフィレデルス兄様のホームである温室に行こうと言ったのか不思議だったんだけど。

「どうしても何もありません！　いい加減逃げ回るのはおやめください！」

そう言ってドミニクって呼ばれた男がラウレンス兄様を拘束して持ち上げた。王子に対してかなり乱暴だけど、ラウレンス兄様はああでもしないとすぐ走って逃げちゃいそうだから仕方ないね。

「くそぅ、離せぇ！　まだクバラの民族の話を聞くんだ～！」

「そんな事よりも課題を終わらせてください。もうアカデミー再開まで日がありませんよ！」

ぎゃあぎゃあ言い合う主従を尻目《しりめ》に、家庭教師のえっと……ラウレンス兄様が何て呼んでたっけかな……。

「ご歓談中に失礼いたしました、エアハルト殿下、リエト殿下……」

「そうだ、ヴィル！」

ボクが思い出して指差すと、ラウレンス兄様の家庭教師のヴィルは下げた頭を上げて目をぱちくりさせた。

「あれ、違った？　ヴィルって呼ばれてたと思うけど」

間違えたかな？　ともう一度思い出そうとしたけど、ヴィルは慌てて首を振った。

「いえ、合っています。申し遅れました、わたくしラウレンス殿下の筆頭家庭教師を務めさせていただいております、ヴィルデマール・ベッカーと申します。あちらは従者のドミニク・カーンです」

「ヴィルデマールでヴィルなんだ。長いからボクもそう呼んでいい？」

「はい」

紹介された名前を一度で覚えるのは、貴族としてもイイ男としても最低条件だからね。合っててよかった。

「申し訳ございません、ラウレンス殿下はご多忙なので、ここで失礼させていただきます。……すみません、エイクマンさん」

「うん、ラウレンス兄様案内いただきありがとうございました」

「大丈夫だよ～。兄様がんばってね～」

ヴィルが礼をしたので、エアハルト兄様とボクは頷いて応《こた》えたらラウレンス兄様から「裏切者ー！」って声が上がった。何も裏切った覚えがないけど？

「いえ、そちらも大変ですね」

イエレがそう答えたので、エイクマンっていうのはイェレの姓みたいだね。

そうして、ラウレンス兄様一行は嵐《あらし》のように去って行った。

静かになった温室で、エアハルト兄様が「僕らも帰ろうか」と言うので、ボクも頷く。これ以上お菓子を食べたら夕飯が食べられなくてメリエルに怒られちゃうし、もうお昼寝の時間が近いから今日は毒草調べはお休みだね。

ぴょんとイスから降りたら、目の前に小さな……ボクよりは大きいけど……白い手が差し出されて見上げたらエアハルト兄様だった。

「僕じゃ抱っこして歩けないから、手をつないで行こうか」

別に手をつながなくても、迷子になったりしないけど……ハッ！このスマートな流れ！　理由なんてどうでもいいんだ、これぞイイ男のエスコート！

「はい！」

ボクは元気よく返事をして兄様の手をにぎった。思えば、母様は手をつないで歩いたりしないから、メリエルとベディ以外の人と手をつなぐのは初めてかもしれない。

エアハルト兄様が側妃棟の前まで送ってくれると言うので一緒に歩く。不服そうなガン付け騎士改めオルフィエルとベディが後ろを付いてきている中、再び来た道を戻る。

「兄様、これからも温室に来ます？」

ボクが見上げて聞くと、兄様はちょっと困ったように、九才に見えない大人びた顔で笑った。

「どうだろう？　見たいけれど、やっぱりアカデミーが始まるまでは難しいかな」

第三妃の子であるエアハルト兄様が、第二妃の子であるフィレデルス兄様の元に通うのはよろし

くないみたい。同じお家なのに、せちがらいね。

「でもリエトとまたお話はしたいな。温室に行く前にどこかで僕とお話しする時間も作ろうよ」

エアハルト兄様とお話！　兄様をイイ男の心得を学ぶ師匠と勝手に仰《あお》いでいたボク的には、断る理由なんてなかった！

「はい、ボクも兄様とおはなしいっぱいしたいです！」

エアハルト兄様からモテテクや社交界の流行りを教えてもらえると、笑顔で返事したボクに、エアハルト兄様も今度は九才っぽい笑顔になった。

閑話・◆ 第四王子の側近たち、末王子の事を知る

自室に向かうフィレデルスが、騒がしい声に足を止めた。後ろを付いて歩いていた執事のイェレも一緒に足を止め、扉の方を見ながら小さく笑った。

「ラウレンス様ですね。家庭教師と従者で今夜中にアカデミーの課題を終わらせると息巻いていましたから」

昼間の事を思い出し告げると、珍しくフィレデルスが興味を示したように、騒がしい部屋へ向かうのでイェレも驚きつつ後を追う。

「もう休憩しようぜ〜」

「ご夕食を召し上がってから一刻も経《た》っていないではありませんか！」

「まだまだ半分も終わっていませんよ！」

過熱していく中の者たちはこちらには気付いておらず、傍《そば》で控えていたメイドがギョッとしていた。その空気を察したのか、逃げ道を探していたのか、ラウレンスの視線がフィレデルスをいち早く見つけた。

「あ、兄様《あにさま》！」

「えっ！」

慌てて家庭教師たちと従者も振り返り、礼の所作を取るのをフィレデルスが手を挙げ戻させる。

そうして、ラウレンスたちのいる机に近付き、広げられている教材の一つを手に取りパラパラと目視し、机に戻した。

「私にもお茶を」

静かに言われた言葉の意味を一瞬理解出来ずにポカンとしたメイドが、慌てて礼をして茶の用意しに行くのを他の者も驚いた顔で見た。それらに構う事をせず、フィレデルスはイスに腰かけた。

主塔の中でも第二妃であるエデルミラが管理する階の書斎は広く、真ん中のテーブルの前でラウレンスを拘束しているイスの他にも、いくつもイスもソファもある。その一か所でフィレデルスは持っていた本を開いた。

「フィ、フィレデルス殿下もこちらで読書されるのですか？　少し騒がしくなると思いますが……」

戸惑ったように言うラウレンスの従者のドミニクだったが、家庭教師であるヴィルデマールにつつかれ、ハッとする。もしやこれは、『自分がここで読書をするので出ていけ』という事かもしれないと気付いたからだ。

フィレデルスが静寂を好み、他者とのやりとりを煩《わずら》わしく感じる事は皆知っていた。

しかしフィレデルスとラウレンスは母親も同じ兄弟である。これが別妃の王子相手であるならば、「そっちが出て行けやオラ（要約）」と出来るのだが、そうもいかない。ここは弟陣営である自分たちが引いて、ラウレンスの私室に移るべきなのだろうか。戸惑い顔を見合わせる従者たちだったが、当の主人であるラウレンスはお構いなしだった。

「兄様がこの部屋を使うなんて珍しいね。今日は公務だったの？」

「ああ」

イスに縛り付けられた状態の弟には言及せず、フィレデルスは頷《うなず》いた。

どうやら出て行く事も出て行かせる事もせず、同席していいらしいとほっとする一同。その様子を眺めながら、イェレはメイドが用意したお茶を受け取り、就寝前なのでと、ミルクとブランデーを少量入れて差し出した。受け取ったフィレデルスが一口飲むのを見て、ラウレンスが「俺にもくれ」というので、ミルクだけを入れた物をメイドが用意する。

どうにも休憩時間に入ってしまった様子に、ヴィルデマールもドミニクもため息を吐《つ》いた。

「今日温室に行ったんだけどいなかったから、そうかなと思った」

ラウレンスの言葉に、フィレデルスは本から視線を上げた。

「温室に？　珍しいな、お前はあそこはつまらないと近寄らなかっただろう」

幼少期、何度か後を付いてきてちょろちょろと温室内を駆けまわった後、ラウレンスは「ここつまんねー。他の所で遊んでくる！」と駆けだしていってからは本当に近寄らなかったはずだ。

「アカデミーの課題で必要な資料でもあったのか？」

「ううん、エアハルトが入った事ねーって言うから連れて行ってやったんだよ」

「エアハルトが？」

ぴくり、とフィレデルスの秀麗な銀色の眉が動いたので、イェレがすかさず説明に入る。

「本日の午後、ラウレンス様とリエト王子と一緒に参られました。エアハルト王子は建築に興味がおありの様で、温室内を少し見て回られていました」

エアハルトと言うと、第三妃の次男なのでフィレデルスたちとは母親が違い、つまり違う陣営の王子となる。

正妃であるツェツィーリアとは同じ国の有力貴族という事で表向きは仲良くしている分、他国から嫁いできたエデルミラの事は気に入らないのを隠そうともしない。それがエデルミラ陣営のマルガレータ妃ならびにヘルツシュプルング陣営への印象だ。

その王子がフィレデルスの領域である温室に入り込んだと聞けば、穏やかではない。

しかしエアハルトを連れてきたラウレンスは気にした様子もなく、笑っている。

「アルブレヒト兄様《にいさま》の入れ知恵で、〝温室は兄様《あにさま》の場所だから立ち入ってはいけない〟と思いこんでたみたいだったから俺がんな訳ねーって連れて行ったんだよ。リエトも出入りしてるんだから、構わないでしょ？」

その内容に事情を知らなかったラウレンスの従者たちはギョッとするが、リエトの名前にフィレデルスの眉が元に戻った。後を押すように、イェレが一言添えた。

「エアハルト王子はお年に合わず聡《さと》い方ですから、恐らくアカデミーの新学期が始まるまでは温室にはいらっしゃらないと思います」

エアハルトは去年デビュタントしたばかりの年だが、妙に周囲の空気に敏感である事は他の従者たちも薄々勘付いてはいた。ラウレンスの従者たちも顔を見合わせ、一度ラウレンスを振り返ってため息を吐いた。

「オイこら、なんだその顔は。言いたい事があるなら言え」

「いえ……エアハルト王子でしたらこうやってイスに縛り付ける事なく、課題を終わらせられるんだろうなと思っただけですよ」

「エアハルト王子の学習予定は大分進んでいると聞きましたよ」

「ああ、やっぱり……」

色々問題を起こす兄王子であるアルブレヒトと違い、素行も良い上に学習速度も早いと聞けば、羨《うらや》ましくならない訳がない。

「お前らこの課題が終わったら鍛錬に付き合わせるからな」

「やめてくださいよ、ドミニクは力だけで運動神経が皆無なんですから」

「何で当たり前のように俺だけ参加の流れになっているんです⁉」

何だかんだで仲の良いラウレンス主従のやり取りを尻目に、フィレデルスはイェレを見た。

「リエトとエアハルトは、仲が良かったのか？」

「いえ、そういう訳ではないと思います」

実際、温室に一緒に来たのはたまたま会ってラウレンスに連れてこられたからだ。

「手はつないでいましたけど」

「！」

「あのヘルツシュプルングの家の者が、リエト王子と仲良くなる事はないんじゃないですか？」

イェレの言葉に一瞬固まったフィレデルスに気付かず、そばで聞いていたラウレンスの従者の一人の言葉に、周囲も頷く。

血筋第一で外国の血筋である第二妃陣営すら認めていないヘルツシュプルング家だ。未《いま》だ王の実子かどうかあやしいと言われている、田舎貴族の娘が産んだ王子を認めているとは到底思えない。

「それは第三妃の家の考えで、エアハルトは関係無くないか？」

「無い訳がないですよ。そう教育されるでしょうし、エアハルト王子はまだ九つでいらっしゃるでしょう？　親の言う事が絶対だと思っても致し方ない年頃です」

ヘルツシュプルング家はがちがちの保守派で、高位貴族としての気位も高く礼儀作法にも厳しいだろう。

一方のエデルミラ第二妃の陣営は、比較的自由なので従者たちも雇われたのが第二妃で良かったと思っている。

「それにリエト王子は王室からも特に目をかけられる事もなく、ろくな教育を受けていないと聞きましたよ」

「家庭教師は就いていたかな？」

「マチェイですよ。マチェイ・デジレ」

「あ～あの……」

「永遠の首席卒業野郎」

フィレデルスがいるのを忘れて内輪で盛り上がる家庭教師陣に、イェレが小さく咳払《せきばら》いをする。

すぐさま気付いて視線を逸《そ》らす家庭教師たちに、ラウレンスは怪訝《けげん》な顔をした。

「いや、リエトは大分賢いだろ。五才で普通に図鑑の字を読んでいたぞ」

「字ぐらいは……専門的な物でなければ読めるでしょう」

「ラウレンス様は読めませんでしたけどね」

「家庭教師が付いていれば読めますよ」

口々に言うが、実は彼らはリエトと接した事はほぼ無い。その中で、今日対面したばかりのヴィルデマールが口を開いた。

「言われてみれば、受け答えなど確かに賢そうな印象はありますね」

先日ラウレンスを引き取りに行った際にも、取り乱す様子もなく落ち着いた対応をされた。あれで五才と言われれば、確かに賢い。ろくな教育を受けていないとは聞いていたが、それであれなら元が良いのか。とは言え、ラウレンスは置いておいて王子たちは皆幼少期から躾《しつ》けられており、落ち着いた物言いが出来る子揃《ぞろ》いだったので特筆する程でも無いとも思う。

末席の末席で、特に存在感が無いあやふやな王子。それがリエトに対する従者たちの共通認識だ。

「それにしても、ラウレンス様は最近やたらとリエト王子と関わっていますけど、何かあるんですか？」

ドミニクに尋ねられ、ラウレンスはメイドに持ってこさせた茶請けの焼き菓子をバリバリ食べながら答えた。

「あー、最初はほら、アイツこないだ毒殺されかけただろ？」

その事は城で働いている者なら誰もが知っている事なので、皆頷く。

「その犯人を捜すってオリヴィエーロが言うから、面白そうだから俺も手伝ってたのよ」

「は⁉　あなたあれだけ言われたのに、まだオリヴィエーロ殿下と遊んでいらっしゃるんですか？」

正妃の実子で、現在王位継承権が一番高いオリヴィエーロ王子とラウレンスは同年だ。その事で、周囲は比べ競わせ、少しでもラウレンスが優位に立とうものならエステリバリ国の優位性を示していたため、当人たちもそれは反目し合……わなかった。

まずラウレンスが気にしない。

何なら同じ年の兄弟がいるのを喜び、まるで親友のように接した。

その上オリヴィエーロが先ほどの話ではないが、それはもう出来た王子だったのだ。成績優秀品行方正。物心ついた頃には既に落ち着きがあり、感情的になるのを見た者がいない程に誰にも優しく謹厳実直、温厚篤実。まさに理想の王子中の王子だった。

そんなオリヴィエーロが、ぐいぐい来る兄弟を拒否するわけもなく、二人は周囲の気持ちもお構いなしに仲が良かった。両陣営はもちろんそれを良しとはせずに、二人を引き離そうとしているが、アカデミーに通うようになってからは目が届かない事が多く、ますます仲良くなってしまった。

もちろん、二人は仲良し兄弟ではなく競う相手で別陣営である事は懇々《こんこん》と言い聞かせているのだが、この部分に関してはオリヴィエーロが頑固で、そしてラウレンスも言う事を聞く訳がなかった。と言っても、苦々しく思っているのは両陣営の政治が関わる貴族連中で、従者たちは兄弟の仲が良い事に関してはどちらかと言えば微笑《ほほえ》ましく思っていた。しかしそれを前面に出せないのが雇われの身の悲しいところである。

「あんまり大っぴらにしないでくださいよ」

「うるさいなー。俺の勝手だろ」

「それで？」

いつもの小言タイムになるかと思われた時、第三者の低く通る声に皆その場にいた最高権力者に視線を向けた。

「それで、毒殺を企てた者のしっぽは摑《つか》めたのか？」

ひやりとする程冷たい声で問うフィレデルスは、さすがあのエデルミラの息子と思《おぼ》わしき迫力で、ラウレンスとイェレ以外の者は背中に冷たい汗が流れた気がした。

「ううん、色々探ってはみたけどまだ。それにリエトがさ」

「リエトが？」

「うん、リエトが『そんなの探しても意味無いですよ』って言うんだよ」

「意味が無い？　自分を毒殺しようとした者を特定する事が？」

あの時の事を思い出しながら、ラウレンスは続けた。

「うん。『ボクを毒殺しようとした罪だけじゃ捕まえられない』って」

周囲の大人たちが、先ほどとは違う意味で息をのんだ。

リエトの毒殺未遂は皆知っている。動機も想像がつく。そして、首謀者も恐らく大体は……。

それを、五才の王子も察しているのだ。

自身の立場と共に。

「え、リエト王子ってもしかして……すごく、賢いのでは……?」

ヴィルデマールの呟《つぶや》きに、ラウレンスだけが「だからそう言ってんじゃん」と答えた。

八．✦ 転生王子、お食事会に行く

「お食事会？」

いつものように朝のお勉強の後に訪れた図書室で、ディートハルト兄様から聞いた単語をボクは繰り返した。

「そう。上のお兄様たちがもうすぐアカデミーに戻られるだろう？　その前に全員集まってのお食事会をやるらしいよ」

ディートハルト兄様が今日選んでくれたのは、ヴァルテ国のおとぎ話集みたいなご本。お勉強ばっかじゃなくて、こういうのも読んでみたらって。確かに、純粋なご本好きな令嬢たちはこういうのを読んでいるだろうから、おさえとかなきゃいけないよね。兄様ナイス！

「それってボクも入ってます？」

「当たり前だろう？」

ディートハルト兄様は当然だって言うけど、「全員」からボクや母様がハブられる事はままあるんだなこれが。そもそもアカデミーに通っている兄様は第一～第四王子までだから、みんなお妃《きさき》の御子、主棟の方々だ。側妃棟のメンバー、いる？と思ったけど、ディートハルト兄様が言うのなら本当なんだろう。

Reincarnation
The 8th Prince's
Happy Family Pla

「僕のお爺様の伝手で揃《そろ》える物とかがあるらしくて、それで早くに情報が回ってくるんだ」

なるほど、ディートハルト兄様のお爺様……アンネ様のご実家は国一番の商家だったのが男爵位を与えられたお家だ。ガルバー商会に手に入れられない物は無いって言われるくらいだからね。あ、ガルバー商会っていうのは、アンネ様のご実家の商会ね。

「今週の末の予定らしいから、もうすぐリエトの所にも話がいくんじゃないかな。楽団とか踊り子も呼ぶらしいよ」

「楽団！　踊り子！」

それはとっても派手だ。てっきりこの間の名前だけボクの快気祝いのお食事会みたいに、ごはんを食べておしまいだと思っていた。やっぱり主棟の方々が絡《から》むと違うね！

「ボク楽団も踊り子も初めてです！　楽しみだな～！」

とりあえず楽しいことだけに反応しておくことにした。

「お歌も踊りも楽しみだな～」

建国祭の時は死にかけていたから、派手な催しを見るのは久しぶりだ。ボクはわくわくしながら図書室からの廊下を歩く。何にせよ、国で最高の人が呼ばれてるんだと思う。何せ国王の前だもんね。

「あ、そうだ。大きな会なら、ジェフに頼んでた物がいるかも」

「ああ、厨房の奴《やつ》らに何か頼んでましたね」

「うん、ちょっと聞きに行ってみようか」

いつもだったら温室に行く流れだけど、ボクは回れ右して、ボクらの階の厨房に向かった。

「た〜のも〜！」

厨房の入り口で張り切って声を上げたら、若いキッチンメイドの子がびっくりしてカトラリーを落としてガシャンって音が響いた。食材やお皿じゃなくてよかったね。

「りりリエト殿下？」

「坊ちゃん、『たのも〜』って何ですか？」

「ん？　あー『ごめんください』みたいな意味だよ」

ベディに訊《き》かれて、そういえば夢の中の世界のあいさつだったと思い出す。

一方のキッチンメイド……確か名前はビアンカだったはず……は、ボクらを見てはわわわしてる。

「何の音……り、リエト殿下！」

音を聞きつけ、奥で作業していたらしいシェフのジェフともう一人のキッチンメイド、ノーラが駆けつけてきた。今は時間的には夕食の仕込みとか休憩時間だったかな？

「あ、ジェフ〜。この間頼んだやつ、出来てる？」

ボクがニコニコして手を振ると、ジェフは戸惑いつつビアンカの非礼を詫《わ》びてノーラはばら撒《ま》かれたカトラリーを拾った。ビアンカも続けて頭を下げる。

「ももも申し訳ございません！」

「うん、別に大丈夫だよ」

ボクは女の子のうっかりは、全部受け流すって決めてるんだ。ビアンカみたいな子のこと、夢の世界では『ドジっ子』って言って人気者だったから、多分女の子ってうっかりさんが多いんだろうと思う。だからそれに対応出来るようにならないとね！

「あ、でもボク以外の王子の前だと怒られちゃうと思うから気を付けてね」

「それはもちろん！　ビアンカは給仕には出しませんし、まだ他の厨房に手伝いにも行かせておりません」

「それならよかった」

他の妃の厨房の人たちは王宮の厨房を任されているとあって、とっても腕もプライドも高そうだもんね。それを言うと、ボクの厨房で働いているのが皆仲良しでよかった。

「ジェフは今度の食事会のこと聞いてる？」

「はい。私とノーラも手伝いに行きます」

ビアンカだけお留守番なんだ……。チラッとビアンカに目をやると、しょんぼりとしている。そしてベディが同情的な目をしていた。ああ……ベディもしばらくは「表に出せない」ってお勉強ばっかしてたもんね。

「国王夫妻並びに妃様、王子たちがみな揃うとあって、厨房の者たちは皆気合を入れていますよ」

「わー楽しみだなー！」

催しも楽しみだけど、豪華なごはんも楽しみ！

ベディに毒見のひとくちは小さめにって散々言ったから、今度こそボクも豪華なお食事がたくさん食べられるはず！……あとでもう一回言っておこう。

でもそっか、厨房にジェフたちも入るなら、ちょっと安心度アップだな。そこで本来の目的を思い出す。

「あ、そうだった。それでジェフ、ボクが前に頼んでたやつは出来てる？」

ボクが再度尋ねると、ジェフも思い出したようで一度奥に引っ込んで、小瓶《こびん》を持って戻ってきた。

「おまたせしました。……これで、大丈夫ですか？」

差し出された小瓶の蓋を開け、くんくんと匂《にお》いを嗅ぐ。

うむ、無臭！

「坊ちゃん、何ですかその黒い粉は？」

ベディの質問には答えず、中に指を入れて黒い粉を触ってみる。極極小粒でさらっとしている。

うん、理想通りだ。

「うん、大丈夫！　ボクが思ってた通り！」

ボクがそう答えたら、ジェフがホッとした顔で笑った。

なるほど、おひげの強面《こわもて》が笑うとそういう顔になるのか。横のノーラがポ～とした顔になってる。

これもギャップ萌《も》えってやつか。え、ジェフってギャップ持ちすぎじゃない？

「坊ちゃんてば、何ですかそれ」

そんな事を考えていると、ベディが重ねて質問してくる。

ふっふっふ。

「すごーくいいものだよ。あとでベディにも分けてあげるね！」

ボクはそう言って、メリエルお手製の小さな巾着袋に粉を少し入れて首から下げる。それを服の中にしまった。

あ～お食事会、楽しみだな～。

✦ ♛ ✦

あっ！という間に食事会の日は訪れた。

「ふふふ～ん、おしょくじか～い」

自作の歌を歌いながら、ボクはソファの上で足をぶらつかせて母様の準備を待っていた。

側妃棟でのボクの快気祝いの時とは違い、今回は主棟でのお食事会だ。

つまり『ホーム』ではなく、『お出かけ』になるので、母様と一緒に行かなくてはいけない。そして妃様全員集合！ともなれば母様の気合の入りようもすごいわけで。

「もっと髪に艶《つや》を出せないの？　ねぇ、その色じゃ地味すぎないかしら？」

何日も前から準備をしているはずなのに、今になって母様もメイドたちもあーでもないこーでもないってなっている。

分かるよ、直前になると自信が無くなって、分からなくなったりとか、あるよね。だから僕は大人しく待っているよ。主棟での食事会って事で、いつもよりちょっとおめかしさんのボクの用意はとっくに終わっちゃってるけどね。

「もっと目立つ装飾の方が良いんじゃないの？」

「いえ、こちらの方がテレーゼ様の髪に映えます」

派手派手にしたいらしい母様を一人の侍女が頑張って止めている。あれは母様がオーバリから連れて来た侍女で、母様が幼い頃から仕えてくれているマルヤ。ボクにとってのメリエルみたいな人だね。さすが長年仕えているだけあって、母様に似合うものをよく分かっていて、的確に勧めている感じがする。マルヤを見て、ボクもセンスのお勉強だ。

一方の母様も、実際に派手好きな訳ではなく、ただ他のお妃様たちより目立たないと！という気持ちで派手な物をと言っているだけだから、マルヤに説得されつつある。

そうだよ母様。母様にマルガレータ様みたいな毒々しい赤は似合わないし、エデルミラ様みたいにお胸を強調するお洋服も合わないと思う。母様の良さは、山に咲く小さな花のような可憐さだと思うよ。

でもこれをこっそりメリエルに言ったら、「女性は化粧とドレスでいくらでも化けるのです」と言われた。女性のオシャレを語るには、ボクはまだまだ経験不足だってさ。横で聞いていたベディは「うへぇ」って顔してた。

「よし、行くわよリエト！」

ようやく戦闘準備が整ったらしい母様に呼ばれ、ちょっとうとうとしかけていたボクはあわててソファから飛び降りた。

母様は結局、淡い水色のかわいらしいドレスに身を包み、ふわふわの青灰色の髪は一部を編み込み、あとはふわっと下ろした髪型になっていた。

「母様かわいいです」

「そ、そう？　……陛下もそう思ってくださるかしら？」

うーん、それをボクに聞かれても分かんないけど、お父様と出会った時の母様は田舎の素朴なお嬢様だったわけだから、その路線で間違ってはないいんじゃないかな。まぁでも、それは田舎に癒やしを求めに来た時のお父様だから、王宮でも惹《ひ》かれるかと言われると……難しいね。

ボクは何も答えず、ニコッと笑って返した。

沈黙は時には必要な選択だって、何かで読んだ気がしたから。


側妃棟から主棟へはもちろん歩いて行くんだけど、階は違えど同じ建物から行く事になる。そうすると当然かち合うなんて事はあり得る事で、何が言いたいかと言うと、一階でアンネ様ご一行とばっちりかち合った。

「あら、どこの田舎娘かと思ったら、テレーゼ様でしたか」

先制攻撃は赤いドレスのアンネ様だ。短めのくせ髪には大きい髪飾りが付いており、そういうオシャレもあるんだと勉強になる。

「ふふ、アンネ様はどこかの舞踏会にでも行かれるのですか？」

階段の上から母様がひと際見下す目をして言い返す。

『地味な小娘が』ＶＳ『場違いな派手女』ファイッ！

いや、どっちもそれぞれオシャレで素敵だとボクは思うんだけどね。

アンネ様はいつも最新のファッションだから、周囲がそれに追いつくまでにちょっと時間がいるんだよね。でもガルバー商会のアンネ様が身に付けている物だから、これから流行る物なのは確実な訳で、けなすのにも言葉を選ばないと後から「センス無い」「時代遅れ」と言われちゃう。

ファッションにおいては、アンネ様が強者すぎなのだ。

しかし一方の母様にも武器がある。

「最先端か何か知りませんが、もう少しお年を考えて色を選ばれては？」

フッと母様が意地悪な笑みを浮かべ、アンネ様の目に一瞬怒りが浮かぶ。

そう、母様は何と言っても、妃の中で最年少……アンネ様からは九つも年が下なのだ。

ボクは女性には年を重ねた分新たな魅力があると思うんだけど、世間一般的に女性は若い方が人気があるみたい。実際父様が若い母様に手を出しちゃってるからね。

バチバチと火花を散らす母様たちに従う大人たちの中に小さな影を見つけて、ボクはそっちに向かって笑顔で手を振った。

「！」

アンネ様の傍《そば》にいたディートハルト兄様は、手は振り返してくれなかったけど、ボクの目を見てニコって笑ってくれた。兄様も今日はおめかしだね！　そう思っていたらディートハルト兄様の視線が何かに気付いたように、ボクよりもっと上に向いた。つられてボクも上を見上げると、階上にもう一つの華やかな一団……側妃ナターリエ様ご一行が冷たい目で階下の争いを見下ろしていた。

さすがアルダの公爵家のお姫様だったナターリエ様は、白い清楚《せいそ》なドレスに身を包み派手じゃないのに目を惹《ひ》く美しさだ。そんでもってその傍にいるノエル兄様は本日も天使である。

ナターリエ様もノエル兄様も何て言うか『高貴！』て感じの美しさに溢《あふ》れているんだよね。その分、めちゃくちゃこっちを見下してくるけどね！

ノエル兄様とも目が合ったのに思いっきり「フン！」て感じにそっぽ向かれたよ。

「何ですか、この騒ぎは」

ナターリエ様の執事が前に進み出て、母様たちの従者を急《せ》かす。こういう時ナターリエ様って絶対自分では言わないんだよ。声を掛けるのも嫌みたい。

そもそもさ、側妃棟から皆同じ場所に向かうとなればかち合うって言ったけど、それをさせないようにするのが側妃棟を取り仕切っている執事の仕事なんだよね。だって会っちゃったら絶対揉《も》めるの分かってるもん。

多分時間配分はされていたんだと思うけど、各人の性格やなんかでこうして全員集合しちゃったんだろうな。でもそこも見越してこそのお仕事だからね。

今もほら、側妃棟付きの執事や従者がそれぞれ大慌てで取りなしに行ってる。お仕事って大変だなぁ。

何はともあれ、王や正妃たちとの時間に遅れるわけにはいかないから、どうにか全員収まって微妙に別ルートで主棟に集まれた。

「それでは私はここで」

食堂の手前の部屋で、メリエルがそう言って礼をした。そうなんだ、ボクのメイドのメリエルはここまで。一緒に行けない。給仕は専門の者がいるし、メリエルはその場に行ける程の位を持っていないんだ。あ、ベディは別ね。護衛と毒見役は一緒に入って各持ち場で待機なのだ。

「うん、いってきます」

ボクは笑顔でメリエルに手を振って、母様と母様の護衛騎士とマルヤ、ベディと一緒に執事が開いてくれた部屋に入った。

食事会の会場は、普段主棟の父様たちが食事を取る食堂とも違う、主棟に客人などを招いた際にも使う方だから、とても広い。中心に鎮座する長テーブルも本当に長くて、皺一つないテーブルクロスに完璧《かんぺき》なセッティングがされてある。ボクと母様はもちろん末席で、お向かいにアンネ様とディートハルト兄様だ。

ボクは執事に抱えられて、イスに座る。ボク用にクッションが置いてあって、テーブルに手が届くようになっていた。護衛は壁際で待機なんだけど、ベディは毒見役でもあるから毒見役が集まる場所に行く。こうして他の毒見役の人と会う機会をぜひ学習に当ててほしい。

ごはん何かな〜。お肉だといいな〜。とワクワクしていると、少し遅れてナターリエ様とノエル兄様がやって来た。わざわざどこかで時間をつぶしたのかな。どうしても同時刻に入るのが嫌だったみたい。

次は第三妃のマルガレータ様かなと思っていたら、扉が開かれ入ってきたのは褐色肌の元気な少年だった。

「あ～腹減った～」

ラウレンス兄様はそう言いながら大股で席へと急ぐ。この間見たごつい従者が焦《あせ》った顔で早歩きで追いかけているが、その後ろからやって来るエデルミラ様もフィレデルス兄様も何事もないかのように悠々と歩いてらっしゃる。放任主義～。

（ふわ～、エデルミラ様相変わらずすごい迫力～）

ボクはと言うと、久しぶりに見たエデルミラ様に視線は釘付けだ。フィレデルス兄様と同じ銀髪に青い目で褐色肌なんだけど、受ける印象は全然違う。

例えるならば『女帝』。

全身から漲《みなぎ》る自信と生命力にちょっと気後れしちゃう。とってもセクシーな美人なんだけど、近付きがたいと言うか、近付いたら食われると言うか……。エステリバリ特有の露出度高めのドレスで豊満なお胸を惜しげなく見せつけ、足もスリットがかなり際《きわ》どい所まで入っていて、ドキドキしちゃう。もちろんめちゃくちゃ似合っていて迫力がある。

ふと、視線を感じてエデルミラ様から目を離したらフィレデルス兄様と目が合った。今日の兄様は詰襟《つめえり》のお洋服で、いつもよりかっちりした感じ。ボクはせっかく目が合ったので、「ごはん楽しみですね！」って気持ちを込めてニコって笑ってみせた。そしたら兄様も小さくフッと、笑って席に着いた。こういう会だとフィレデルス兄様は無表情で全然喋《しゃべ》らない印象だったけど、今日の兄様はご機嫌が良いみたい。フィレデルス兄様もごはん楽しみなのかな。お歌の方かな？

でもってフィレデルス兄様の隣のラウレンス兄様もボクに気が付いたみたい。

「お～！」

と明るく手を振ってきたので、ボクも手を振り返したら母様に無言で下ろさせられた。エデルミラ様は笑っていて、本当に自由にさせているみたい。

あとなぜかノエル兄様からはしかめっ面をいただいた。

次にお部屋に入ってきたのは、今度こそマルガレータ様とそのご子息たち。アルブレヒト兄様とエアハルト兄様だ。

エアハルト兄様がボクを見てちょっとニコッとした。ボクはさっき母様に注意をされたから、テーブルの下からエアハルト兄様だけに見えるように小さく手を振って返した。

「エデルミラ様、順番は守っていただかないと困ります」

部屋に入るなり、マルガレータ様が眉《まゆ》をひそめて既に悠々とグラスを傾けているエデルミラ様に詰め寄っていった。

あ、やっぱり順番おかしいよね？

ボクも第三妃のマルガレータ様の後に第二妃のエデルミラ様のはずだと思ったんだ。こういう時は身分が低い順から入場が普通だから。だからボクは一番早いの。

「フ、身内の食事会で順番など気にするほどでもあるまい」

エデルミラ様は笑っていなす。ニヒルな笑い？てやつで、とってもかっこいい！

エデルミラ様が男の人だったら、父様なんて目じゃないくらいにモテたんじゃないのかと思う。

参考にしたいけど、エデルミラ様とボクではタイプが違う気がするんだよね。でも何かの糧にはなると思うから、心の中にメモメモ。あとで鏡の前で練習してみよ。

「陛下も含めた格式の高い会です。それでなくとも規則は遵守すべきですわ！」

キッと元々きつめの目元を更に吊《つ》り上がらせるマルガレータ様に構わず、アルブレヒト兄様が横をすり抜けてさっさと自分の席に着いた。その後をささっとエアハルト兄様が追っていく。さすが要領がいい。

「ああうるさい。これから楽しい食事会だと言うのに、そうやって雰囲気を悪くするそなたはマナー違反ではないのか？」

「なっ……！　わたくしは王室としての姿勢を……っ」

「騒がしいですね」

カツン、とフロアに響く音を立てた後に落とされた言葉に、マルガレータ様の言葉が止まる。

今入室してきた声の主である正妃ツェツィーリア様の、オリヴィエーロ兄様と同じ宝石のように輝いて見える黄色の瞳《ひとみ》がひたりとマルガレータ様に合わされる。

どちらかと言うと小柄で大人しめな外見のツェツィーリア様だけど、目の前に立たれるとつい背筋を伸ばしてしまうような雰囲気がある。エデルミラ様とはまた違う迫力をお持ちなんだよな。

ちなみに傍《かたわ》らにいるオリヴィエーロ兄様もツェツィーリア様と同じようにマルガレータ様を見ていて、ボクとは目が合わない。

「わたくしは、エデルミラ様にヴァルテ王室の規則について注意をしていただけですわ」

フン、と鼻息荒く弁明をするマルガレータ様だったけど、ツェツィーリア様の表情は変わらず厳しいままだ。

「陛下のお越しの前に場をかき乱す事はお止《や》めなさい。妃としての器が問われますよ」

ひゃ～～～正しいけど、きっつい～～～！

正論なだけ、何も言い返せずマルガレータ様がグッと赤い唇を嚙《か》み締《し》めたのが見えた。

「それに貴女は第三妃です。エデルミラ様へ進言するにしても、場と言葉を選びなさい」

ここからでもマルガレータ様が歯を食いしばっているのが分かる。何なら歯ぎしりの音が聞こえてくる気がしてきた。聞こえるわけないんだけどね。

お家がヴァルテの有力侯爵家で、おまけに血統や伝統を重んじるヘルツシュプルングのマルガレータ様だからこそ、正妃で更に格上の公爵家のご出身であるツェツィーリア様に言われちゃ、何も返せないよね～。

「失礼いたしました……」

きれいな所作で完璧な礼をしてツェツィーリア様に非礼を詫《わ》びるマルガレータ様だったけど、ツェツィーリア様が「気を付けなさい」と言って席に向かってから上げた顔がすごかった。

『屈辱』を表すならこんな顔！て感じ。めぇっちゃ睨《にら》んでいる。

憎悪の感情を背中に受けながら、ツェツィーリア様は当然のように父様に一番近い席に着き、オリヴィエーロ兄様もそれに続く。その様子をエデルミラ様は面白《おもしろ》げに見ていて、ナターリエ様は眉をひそめながら視線を逸《そ》らして、アンネ様は周囲をよく観察している。ボクの母様はツェツィーリア様たちの気迫に怯《おび》えた後、ぐっと拳《こぶし》を握り締めていた。もしかして「私も負けていられない」って思ったのかな？　やめとこ、母様。格が違うからね？

ちなみに母親が屈辱を受けている際の兄様たちは、アルブレヒト兄様が面倒そうにそっぽを向いていて、エアハルト兄様はまたしても目から光を消していた。あれって感情も消しているのかな。

何はともあれ、やっと最後にマルガレータ様が席に着いたのを見計らったように、ボクたちが入ってきたのとは違う扉が開かれ、お父様が入ってきたので全員立ってお出迎えをする。

こうして集まったのが、ボクの家族です！

「こうして家族皆の顔を見るのは久しぶりだな。またアカデミーが始まると上の王子たちは旅立ってしまうから、つかの間の家族だんらんを楽しもう」

父様の言葉にみんな内心どう思っているのか分からないけど、父様に続けてグラスを持ち上げ乾杯の所作を取った。

ちなみにだけど、家族（笑）みんなが集まるとなると、新年祭と建国祭だ。

前にも言ったけど、ボクがまだ五才で式典には出られないから、皆が集まるのはこの二つの行事くらい。でもって、建国祭の時はほら、ボクが死にかけてて欠席したから、全員集合は新年祭……半年前以来ってわけ。

そうなんだ、この〝アカデミー休み終わりのお食事会〟って毎回やってるんじゃないんだ。

どういう風の吹きまわしかな？と思ったけど、父様にも父様周りの大臣たちにも色々考えがあるんだろうね。何せ奥様たちはみんな、政治的な思惑付きの輿入《こしい》れだから、ご機嫌伺いは大事だもんね。母様は除く！

と言いたいところだけど、母様って言うか、母様の父様であるおじいさまが軍部に大人気なもんだから、母様を通しておじいさまのご機嫌もある程度とっておかなきゃいけないみたい。つくづく、バカンス先で羽目なんて外すものじゃないよね～。

お食事会が始まり、まずは食事と歓談との事で楽団が会話のジャマにならない程度の演奏を始めた。楽器が出来る男っていうのもモテそうだよね。楽器は貴族のたしなみの一つでもあるから、ボクももう少ししたら何か選んで練習しなきゃいけない。夢の中の世界では縦の笛くらいしか記憶にないから、どれにしようかなぁ。

食事はまずはスープからという事で、毒見役たちがひとさじ飲んで確認したものが運ばれた。薄い茶色の透明のスープ。ボクはミルクの入ったトロトロ系が好きだけど、大人はこっちの方が好きらしい。五才の舌では繊細な味が分かんないや。

ちなみに各毒見役が匂いを嗅いだり食器を確認している中、ボクの大事な毒見役はパクっと口に含んでギョッとされていた。うん……おいおいね……。

でもってお話はアカデミーに戻る兄様たちへお父様からのお声がけから始まった。

一番はもちろん今年から最上級生になるフィレデルス兄様。

「フィレデルス、お前は今年で最高学年になるな。皆の手本になるよう励みなさい」

兄様も今年で卒業か～。卒業後ってどうするんだろう？て言うか、兄様って今年卒業なのに婚約者ってどうなっているんだろう？

大体アカデミーを卒業した後は婚約者として本格的に活動し始めるから、女の人は大体男の人の家の仕事を覚えたり顔見せをして回ったりするんだけど、そう言えば聞いた事がない。

う～ん、でも後継者がまだ決まっていないから難しいのかな。次期王とそれ以外じゃ、お相手もやる事が変わってくるもんね。

あ、て言うかフィレデルス兄様って、エステリバリ王族でもあるんだった！

あちらのお国の跡取り事情がどうなっているか知らないけど、第三王女の長男だから十分に王位継承権があるよね。

これはややこしい！　お家柄が良いって言うのも大変だなぁ。

その点ボクは！　成人後は王室から出されるのはほぼ決定事項ですし、早めに婚約者を決めちゃっても問題ないですから！　婚約話いつでもカモンだよ！

「はい」

な～んて、ボクがあれこれ考えているうちに、兄様はそっけない返事を返していた。お父様にもその感じなんだ。

そんで次は第二王子であるアルブレヒト兄様。

「アルブレヒトは騎士コースも取ったそうだな」

アルブレヒト兄様は今年十五だから、選択コースで騎士コースを選んだって。鍛えている感じだし、向いてそうだよね。

「はい、以前から希望しておりました」

アルブレヒト兄様はボクに対するヤンチャな感じとも、母親であるマルガレータ様に対する反抗期な感じでもない礼儀正しい少年！て感じで答えている。

「そうか、卒業後は騎士団入りも考えているのか？」

「！　それは……今はまだ……」

父様は何気なく言った感じだけど、アルブレヒト兄様もマルガレータ様も驚いた顔をしてた。騎士コースから騎士団入りするのはよくある進路なんだけど……あ、あ〜〜〜。

そうか、騎士団入りするって事は、王太子にはならないって事か〜。

いいや、別に王太子が騎士団に入ってもいいんだけどさ、話の流れ的に、そんな感じじゃなかったよ……ね？

アルブレヒト兄様は暗い顔になっているし、マルガレータ様のお顔も険しい。エアハルト兄様は気配を消すようにすんってなっている。

お父様ったら無神経〜〜〜。

と思って見ていたら、父様も何かに気付いたようで、話を逸らすように「励みなさい」と言って次のオリヴィエーロ兄様に水を向けた。へたくそか。

「オリヴィエーロ、去年の成績はとても優秀なものだった様だな。よくやった」

「お褒めいただき、光栄です」

父様のお褒めの言葉にも、オリヴィエーロ兄様は嬉《うれ》しそうにする訳でもなく、どこかホッとした様子だ。隣のツェツィーリア様も特に嬉しげでもなく「当然」と言わんばかりの……ん？　違うな。何か口元が緩みそうになるのを扇で隠した？

一方のマルガレータ様やアンネ様は悔し気なご様子だ。うんうん、ディートハルト兄様も優秀だから、アカデミーに入る年になったらきっと褒められるよ。

一方のエデルミラ様一家は余裕の表情。この後に続くだろうラウレンス兄様もだ。

「ラウレンスは……去年は何とか上位に食い込めたらしいな。もう少し頑張りなさい」

オリヴィエーロ兄様と比べると誰《だれ》でも劣ってしまうから、ラウレンス兄様は厳しいお立場だよなと思ったけど、ラウレンス兄様はそんな事でへこたれる人ではなかった。

「上位に入っていたらよくないですか？　それよりも父様、俺《おれ》アカデミー内を探検していて、すごいの見つけちゃったんですよ！」

いつもの調子で父様にも明るく元気に話しかける。それを他の妃たちは眉をひそめているが、エデルミラ様は可笑《おか》しそうに見ている。いつもの事なのだろう。一方の父様も、少し戸惑いながらもラウレンス兄様の話に耳を傾け、だんだん楽し気に会話し始めた。

「ああ、あそこの噴水は私が在学中にもそんな噂《うわさ》があったたな」

「そうなんですね、父様の時は～」

やっぱり愛嬌《あいきょう》って大事だなぁ。

ラウレンス兄様の話が終わるまでに、サラダも食べ終わって、メインのお肉が来た。

キタキター！

うん！　ベディも少なめに取っているね！　ひとまずそこは合格！　やっぱり他の動作をしない分、ボクの所にお肉が出されるのが一番早くてちょっと気まずいけど。

「ディートハルトは最近ヤントゥネンの言葉も勉強しているらしいな。家庭教師たちが覚えが早いと言っていたぞ」

次はディートハルト兄様だ。主棟の方々からかと思ったら、どうやら年の順にお声がけをしてくださるみたい。ディートハルト兄様もちょっと予想外だったみたいで、お父様に話しかけられてビンッって背筋が伸びた。

「は、はいっ。いつか、役に立つと思い近隣諸国の異国語は全《すべ》て習得したいと思っております」

ヤントゥネンは前にディートハルト兄様に聞いてから地図で確認したら、結構遠いお国だったから、もうヴァルテの周辺国はマスター済みって事かな？　アカデミーに入学する前に、すごすぎだよね！　ボクはとりあえずはアルダ語とエステリバリ語からがんばっていこう。いつもよりも柔らかくて美味《おい》しいお肉を口に含みながらボクは思った。

「そうか、頼もしいな」

父様に言われて、ディートハルト兄様もアンネ様も頬《ほお》を染めて嬉しそうだ。うんうん、良かったね～。母様睨んじゃダメだよ。

一方、先ほどのアルブレヒト兄様のターンでダメージを負ったマルガレータ様一家に戻る。

「エアハルトは、友人と仲良くしているらしいな」

エアハルト兄様もまだアカデミー入学前だけど、デビュタントは果たしているから既に交友関係を広げつつある。このあいだのボクをめちゃくちゃ舐《な》めていた貴族子息とかと。

「はい、たくさんお友達が出来ました。今度またバルテン子息のパーティにお呼ばれしています」

「ほう、バルテン伯爵家か」

エアハルト兄様は先ほどの気配を殺していた様子と一八〇度違う明るく社交的なかわいい笑顔で父様にアピールをしている。バルテン伯爵家っていうのがどんなお家なのか知らないけど、仲良くしておくと良さそうなお家なんだろう、父様も笑顔になっている。お勉強もだけど、社交性って大事だね。父様の笑顔に、マルガレータ様もにっこりだ。

アルブレヒト兄様だけまだむっつりしちゃっているけど。アルブレヒト兄様もお肉を食べて元気出して。おいしいよ？

「ノエルは先日の建国祭でも立派に務めを果たしていたな」

ボクより一個上のノエル兄様は六才だから、式典に参加出来るのだ。新年祭に次いで二回目の参加だったけど、父様が褒めるくらいご立派だったみたい。

まぁね？

ノエル兄様の天使と見紛うばかりの美少年ぶりだと、そりゃあ座っているだけでみんな拍手喝采間違いないもんね。

「はい、ありがとうございます」

返す言葉も、鈴が鳴るように軽《かろ》やかで可憐である。ボクも自分がどっかの貴族の子だったら、「さすが王子様は見目麗しくて神々しいな」と手を合わせたはずだ。中身を知らないからね。

ノエル兄様と同じく可憐にして麗しいナターリエ様は、ノエル兄様を見下ろして小さく微笑まれ、その微笑みを受け、ノエル兄様の頬がばら色に染まって、その一角だけまるで絵画の様で見惚《みと》れちゃった。

「リエトは――……」

だから父様の声がボクには届かなくて、母様に脇《わき》をつつかれてハッとなってしまった。

父様からの直接のお声がけをいただける機会なんてあんまりないからね。母様も気が気でないのだろう。

「元気そうだな」

「はい、元気です！」

うん、まぁこんなもんだよね。

母様、お肉食べて元気を出して。

さすがに主棟で、おまけに王室の食事会ってことで、出てくるご飯は全部おいしかった。

エビの入っているパイみたいなのとか、パンの中にりんごとチーズが入っていたのとか。今度側妃棟《あっち》でも作れないか、ジェフに聞いてみよう。

お話は主にお妃様たちが話していて、たまに兄様たちに話を振る感じ。それも基本的に主棟の方々で、あとはナターリエ様とノエル兄様。アンネ様はお話が上手なので何とか入っていっているけど、母様は入れなくてわたわたしている。がんばれ母様。

ボク？　ボクはおいしくご飯を食べています。

メインのお肉も食べて、最後にデザートに色とりどりのフルーツが閉じ込められたきれいなケーキが出る頃、楽団が引っ込んで、派手な衣装の一団が入ってきた。

今回の催事の目玉はこの人たちみたい。

見た事がない楽器を持った男性が数人、この辺ではあんまり見ない、黒い帽子を被《かぶ》って襟《えり》に金色の刺繍《ししゅう》をした変わった格好。

でもそんな事よりも、後ろに続く女性たちの華やかさにボクの目は釘付けだ。

みんな白いベールを付けていて、前髪は全部上げて、くっきりとした目鼻立ちが目立つようにか、お化粧もそんな感じ。キラキラ光る長いスカートでとってもキレイな人たちなのだ。

「彼らは世界を巡る旅の一座ですが、各国の王族からも評価が高く、民衆からの人気も高いのです」

今回は家族の食事会って事で大臣たちは呼ばれていなかったんだけど、この一座を呼んだらしい大臣が自信満々に紹介をしてくれた。髪の毛の先とおひげの先がくるんとなっている大臣にお父様が「ご苦労だったな、シェルマン」と声を掛けていた。声を掛けられたシェルマン大臣は、ちらりとツェツィーリア様に視線を向けたので、多分正妃様一派なんだろう。まぁあそこが一番勝ち馬だから支持者も多いよね。

シェルマン大臣が言うには、今回たまたまヴァルテに滞在していたのを呼び寄せたんだって。

どおりで、一団の人たちの格好や顔立ちがヴァルテっぽくないはずだ。肌の色もヴァルテでは田舎の方……つまりボクの故郷……にしかいない黄みがかった色だもんね。基本はヴァルテの北西の方の国の人たちなんだって。

「北西……もしかして、ザハの方々ですか？」

ディートハルト兄様が思わずといった風に質問すると、一番大きな楽器を抱えた体の大きな男性が、嬉しそうに頷《うなず》いた。一度シェルマンに目配せをし、頷かれたので口を開く。

「ハイ、我々の多くの出身はザハデス。よくご存じで」

少しカタコトな喋り方で返され、ディートハルト兄様の目が輝く。

「ザハはほとんどが砂漠に覆《おお》われた国だと本で読みました」

「ハイ。我々の国は砂漠が多いデス。ですが泉や緑のある土地もあり、美しいところデス」

そうなんだ〜初めて知った。ディートハルト兄様は滅多にない外国人との対面に、もっと話したそうにしていたけど、大臣の咳払《せきばら》いに我に返ってイスに座り直していた。余計な口出しをしたと縮こまっていたけど、その様子に父様が話しかけた。

「ディートハルトは本当によく勉強しているな」

「い、いえ、はいっ」

褒められて嬉しそうに返事をするディートハルト兄様と、アンネ様。

良かったね、兄様……と思っていたら、ノエル兄様がフンと年齢に合わない鼻で笑う仕草をした。

「勉強ばかりで側妃棟の図書室を独占するので困っています」

「な……別に独占はしていない。使いたいなら君も使えばいいだろう」

ディートハルト兄様の答えにも、ノエル兄様はつんとそっぽを向いた。

「僕は静かに本を読みたいのです。他人がいると落ち着かない」

ディートハルト兄様も仮にも弟に向かって『君』って呼び方どうなんだろうと思ったけど、ノエル兄様にいたってはドストレートに『他人』って言っちゃっているからどっちもどっちだね。

「君よりも小さいリエトは、人がいてもしっかり本を読めているがね」

観客席にいたら急に指名されたよ。ノエル兄様もそれを聞いてボクを睨むのやめよ？　図書室で会った事あるじゃん。

しかし思わぬ人物から助け舟が出た。

「ほぅ。リエトも図書室によく通っているのか」

このお食事会で一番えらい父様からの質問だ。

「はいっ、よく行っています！」

「そうか。お前の学習に関しては聞いていなかったので知らなかった」

マチェイ先生〜〜〜。

いくらボクがみそっかす王子でも、ちゃんと学習進度は上に報告しないと〜〜〜。そういうとこだぞ！

「どんな本を読むのだ？」

「うーんと、今は色んな事が知りたくて、生き物のご本や外国のご本なんかを読む事が多いです。あ、ボクもアルダやエステリバリの言葉もお勉強してます」

ボクの言葉に、エデルミラ様が「ほう」といったお顔でこちらを見て、フィレデルス兄様もちょっと驚いたお顔をしてこっちを見た。そういえば兄様とは温室で植物のお話ばかりしていて、エステリバリのお勉強をしている話はした事がなかったかも。どうしても優先順位がそちらが上になっちゃってたけど、何度かエステリバリにも行っているフィレデルス兄様からエステリバリのお話を聞くのもいいよね。今度頼んでみよ。

一方、アルダ国陣営はと言うと、ノエル兄様は疑わしそうな顔だけどほっぺたをピンクにしてボクを見てる。何でさ。アルダのご本持っている時会ったじゃん。

そんでもって、ナターリエ様はと言うと……わぁ不愉快そう！　お綺麗《きれい》なお顔の眉間に、くっきりしわが出来ちゃっている。ナターリエ様は本当にボクの事がお嫌いである。

そんなこんなで少し話が弾んじゃって旅の一座を放置してしまっていた。

「さあ、それでは各国の王族も魅了した踊りをご覧ください」

気を取り直したように、シェルマン大臣が大きな声を上げた。

それを合図に、楽器を持っていた男の人たちは少し下がって床に座り楽器を構える。そして女性たちは前に進み出る。皆青いスカートなのに一人だけ赤いスカートの女の人が一番前で真ん中だ。

楽しみだな～とワクワクして見ていたら、音が鳴り始めたと同時に、踊り子さんたちがバッと上着を脱いだ。

「わお」

スカートと同じくキラキラした素材を付けたとってもセクシーな衣装。おへそなんか見えちゃってててドキドキするね！　と思ってたら視界を遮《さえぎ》られた。

「わっ？」

見ると顔を真《ま》っ赤《か》にした母様に手で覆われていた。

「母様、見えません」

「あ、あなたは子供だから見なくてよろしいです！」

いや、大臣が連れてきた催しにそうもいかないよ。母様は田舎のお嬢様だから、異文化の免疫が少ないんだよね。

「母様母様、父様たちがお許しになって連れてきた人たちです。失礼があってはいけません」

そう言ったら、何とか手は退《ひ》いてくれた。

でも母様は自分が見るのは恥ずかしいみたいで視線を逸らしている。皆の様子を見ると、ナターリエ様も眉をひそめてらっしゃる。ナターリエ様もね……お姫様だし、そもそもアルダ以外の文化がお嫌いな方だから仕方ないね。肝心の父様は釘付けになっていたけどね！

ちょっと日焼けした肌もセクシーな踊り子さんは、スカートを翻《ひるがえ》しながら、指に付けたアレは楽器なのかな？　それを鳴らして腰から下だけを動かす独特の動きで踊る。その度、スカートにもお胸にもたくさん付いている装飾品がシャラシャラと音を立てていてカッコいい。そう、とってもセクシーなんだけど、それ以上にカッコいいのだ！

どんどん音楽のリズムが早くなって、スカートが広がったり舞い上がったり、まるで生きているみたい！　これがザハの踊りなのかとボクはまた新しい文化に触れて、色々知りたくなった。

やっぱり主棟の方々とのイベントは派手で楽しいな！

これで終われば、ボクも「楽しかった～」といい夢見れたんだけどね。

✦
♛
✦

旅の一座の音楽と踊りはとっても盛り上がった。

母様やナターリエ様は気に入らなかったみたいだけど、やっぱり異国の派手な衣装や踊りは興味深いし、見応えがあった。ジャンって音が揃って止まり、踊り子さんたちがポーズを取ったところで、ボクがパチパチと拍手をしたのに釣られるように、兄様たちやアンネ様も拍手をした。

「ふむ、実に興味深い余興であった。シェルマン、彼らにも座を」

「はっ」

「あ、ありがとうございますっ」

父様が言う『座』って言うのは、テーブルの事だね。つまりは旅の一座に王室と一緒の食事を振る舞ってあげるってことだ。

控えていた執事やメイドたちが、あっという間に彼らのための席と料理を用意した。

褒美として、食事だけ？と思うかもしれないけど、王族と一緒にお食事出来るっていう事がもう栄誉でごほうびなのだ。もちろん、出演料的な物は大臣が払っているだろうしね。

それは旅の一座の人たちも分かっているみたいで、みんな頬を好色させながら落ち着かない様子で配膳をされている。でもそれも食事を食べ始めたらすぐに目の前のごはんに夢中になった。

『う、ウマイ！　こんなウマイもの食べた事ない！』

『何このお肉！　口の中でとろけちゃう！』

大きな声ではないけど、動揺のためかボクには分からない言葉で口々に何か言っている。表情からして、良い意味だと思うけど、何て言っているか知りたくてボクはディートハルト兄様にこっそり尋ねた。

「〝すごくおいしい〟って」

笑顔で答えてくれた兄様に、ボクもにっこりした。

うんうん、おいしいって言われると嬉しいもんね。

ボクも王家って言うか、いちヴァルテ国民として、よそのお国から来た人たちにうちの国のおいしい物を食べてもらいたいって思うもん。

ちなみにボクがもうデザートを食べているという事は、ベディの毒見役としてのお仕事は終わりだから、ベディはもうボクの後ろの壁際に待機している。

珍しい踊りや楽器も見れたし、おいしい物もお腹《なか》いっぱい食べられて満足満足。と思っていたら、父様が席を立った。

「それでは、私はまだ仕事が残っているので失礼する。客人はそのまま食事を続けてくれ。王子たちは続き励むように」

「はい」

父様はそれだけ言い残すと、従者を伴って退室していった。王様って忙しいんだね。父様とあまりお話ししていなかった母様はしょんぼりしている。

「それでは、わたくしも失礼しますわ。行きますよ、アルブレヒト、エアハルト」

次に席を立ったのはマルガレータ様。

ツェツィーリア様が動くのを待つかと思ったんだけど、さっきの意趣返し？かさっさと席を立つ。

「俺はまだ食ってる」

そして絶賛反抗期中のアルブレヒト兄様。

「…………行きますよ、エアハルト」

マルガレータ様は何も言わず、小さくため息だけを吐いてエアハルト兄様に声を掛ける。エアハルト兄様は一瞬アルブレヒト兄様の顔色を窺《うかが》ったが、すぐに笑顔に切り替え、マルガレータ様と一緒に出て行った。

「……わたくしも失礼いたします」

ずっと不機嫌そうだったナターリエ様もノエル兄様を伴って退室し、それらを見守って、全体をぐるりと見渡したツェツィーリア様も席を立った。他のメンバーはもう少しいそうだと判断したらしい。

「それでは、あとは頼みましたよシェルマン」

「はい、王妃様」

大臣に声を掛け、オリヴィエーロ兄様と共に退室。

残ったのは、エデルミラ様一行とアンネ様一行、そしてボクと母様だ……と思ったら母様も席を立った。

「私も失礼します」

あんまり上手《うま》く立ち回れなかったから落ち込んでいるっぽくて、ボクの方を見ずに席を立った。

そのまま行こうとする母様に、ちょっと、とアンネ様が声を掛けた。

「貴女自分の息子をお忘れよ」

言われて初めて付いて来ていない事に気付いたように、母様がボクを見た。

「母様、ボクはまだケーキを食べ終わってないから、ここにいます」

踊りに夢中で、全然食べられていなかったんだ。

「そう……護衛もいるから平気ね。それじゃあ」

あっさりと了承して出ていく母様に、アンネ様が驚いた顔をしている。

大丈夫です、いつもの事なんで。前までその護衛もいなかったからね。ずいぶん改善されたもんだよ、うん。

ボクは気にせず改めてキレイなケーキにフォークを入れる。

とにかく見た目がキレイだから、女の子は好きそうだよね。ハッ！　こんなのボクが作れちゃったら、モテモテなのでは⁉　ちょっとあとでジェフにケーキの事も作り方知っているか聞いてみよう。

ボクが考えながら食べていたせいで、夢中で食べていると思われたのか、フィレデルス兄様が声を掛けてくれた。

「リエト、ケーキが気に入ったのなら、私の分も食べるか?」

え、う〜ん、いらないかな……。

見た目はキレイだけど、ボク的にはもっと甘い方がいいな。大人の人はこのくらいがいいのかな?

「もうおなかいっぱいだから大丈夫です」

ボクが答えると、フィレデルス兄様は持ち上げていたお皿の所在を失ったけど、すぐにラウレンス兄様が「じゃ、俺が食べる!」とお皿を受け取っていた。よかったよかった。

そう思って視線を前に戻すと、ディートハルト兄様がこっそり声を掛けてきた。

「リエト、フィレデルスお兄様のを貰《もら》うのを遠慮しているのなら、僕のを食べるかい?」

え、だからいらないって。えんりょとかしないし。と思ったけど、ここでスマートな対応をしてこその〝すてきな旦那さん〟だよね。え〜と……。

「大丈夫です。本当におなかいっぱいです。……もっとクリームがのっていたら貰ったかもしれませんけど」

最後の方は、ディートハルト兄様にだけ聞こえるようにこっそり言ったら、ディートハルト兄様も笑顔になってお皿を置いてくれた。ボクの分は量が少なめになってはいるんだけど、やっぱり五才でフルコースはお腹《なか》パンパンになっちゃう。何だかねむくなってきた。ケーキも食べ終わったし、ボクもそろそろお部屋に帰ろうかな〜と思ったら突然場が騒がしくなった。

声や音がする方に目を向けると、旅の一座の人たちのテーブルだった。

男の人たちが立ち上がって何か大きな声を出している。その中心には例の赤いスカートの踊り子さんが机に突っ伏している。

「なに？」

ボクも体を伸ばしてそっちを見ると、彼らの言葉が分かるディートハルト兄様が険しい顔をして呟いた。

「毒だって……？」

「どく？」

ディートハルト兄様の口から出た言葉を、ボクは確かめるように繰り返した。

どく…………毒⁉

よ〜く見ると、赤いスカートの踊り子さんが真っ青《さお》な顔で口から泡が出ている。

（え、何してんの⁉）

彼らも旅をしているならそれなりに薬とかも持ち歩いているだろうし早く処置を、と思ったけどそうだったと思い出す。ここは王族の食事の席！　旅の一座が芸に必要ない私物を持ち込む事は出来ないし、ましてや吐いたりなんて出来る訳がない。

使用人たちも異変に気付き始め、動こうとしたけどそれよりも先にボクはイスから飛び降りて叫んだ。

「ベディ！」

ベディはずっとボクだけを見ていたから、ボクが何を見て動いたのかもすぐに察して一座の元に走り出した。他の使用人や騎士だったら王族の顔色を窺《うかが》ったりするけど、ベディは躊躇《ためら》いがない。良くも悪くも、ボクの言う事だけを聞く。今日だけは、その単純さに感謝だ。

ベディが踊り子さんを抱えあげ、控室へと走るのにボクも付いて走った。あんまり動かさない方がいいだろうけど、ここで吐かせる事は出来ないし、何より控室にはボクの頼りになるメイドさんがいる。

畏れ多くも王族の見ている前でベディがドアを蹴《け》り開ける。控室にいた騎士が何事かと立ち上がるが、その前にボクが走り込む。

「メリエル！　袋か器ある⁉」

「はい」

メリエルも一瞬驚いた顔をしたけど、本当に一瞬で、即座にその場にあった布を袋状に結んで差し出してくれた。さっすがボクのメイドさんだ。

ベディが床に寝かせた踊り子さんの顔を見ると、呼吸はしているけど荒く、顔色も悪いし冷や汗がすごい。

「メリエル、お水をたくさんと毛布持ってきて。ベディ、踊り子さんを横向きにさせて、吐かせて。出来る？」

そう言ってさっきメリエルが作った袋を差し出すと、横から手が伸びて別の人が受け取った。

「て、てつだう、デス！」

一座の人だったので、袋は彼にまかせた。

「まかせてくだせぇ。軍《ルベル》にいた時、飲みすぎたバカで吐かせるのには慣れてます」

ベディは全然自慢にならない事を自慢気に言って、ためらいなくその太い指を踊り子さんの口の中に突っ込む。なるほど、慣れている。

「リエト、何だどうした⁉」

場にそぐわない明るい声と共に扉が開いたと同時に、踊り子さんが嘔吐《えず》く。

「うぐっ……」

踊り子さんが袋の中に吐くのを、目を丸くして見下ろすラウレンス兄様にボクはため息を吐《つ》きそうになった。

王族の前で嘔吐《おうと》するのを見せないために控室に運んだっていうのに、タイミングが良いのか悪いのか。

「な、何だ？　食事が口に合わなかったのか⁉」

「めったな事を言わないでくださいっ」

それはそれで食事を用意したヴァルテ王室に不敬に当たっちゃうでしょ！

だからと言って毒だっていうのも確定ではない。ボクはとりあえず食堂にいた使用人の誰かが呼んでいると思うけど、一応と思って控室にいた執事にお医者さんを呼んできてもらうように頼んだ。

「もうっ、今忙しいですからラウレンス兄様の相手してられません！」

絶対好奇心だけで来たのが分かるから、とっと部屋から出てほしいが、追い出してる暇もない。

「り、リエト？　大丈夫？」

おまけにディートハルト兄様まで覗《のぞ》きに来ちゃった。も～。

まぁディートハルト兄様は毒だって言っているのを聞いちゃっているから、気になっちゃうか。

「坊ちゃん、もう吐く物がねぇですぜ」

ベディから声を掛けられ、兄様たちの相手は後回しにして踊り子さんに駆け寄る。メリエルも水と毛布と、あと通気性のない袋を持って帰ってきていて、吐いた物の入った袋を外側から包んで封をしてくれた。出来るメイドさんだよ本当に。

踊り子さんはぜえぜえ言っているけど、意識はあるしさっきより顔色がマシになった気がする。

「じゃあこれ」

ボクは服の中に隠していたメリエルお手製の首から下げられる小さな袋を引っ張り出す。ボク用に作ってもらったんだけど、ちょうど良かったね。

「これを飲んで。飲める？」

ボクが袋の中の黒い粉を差し出し、メリエルがすかさずお水も出してくれた。

目元のメイクが少しよれてしまっている踊り子さんは、怯《おび》えるような目でボクを見上げたが、仲間にも促されて意を決して粉と水を飲んだ。

「何それ？」

ラウレンス兄様が興味深々に聞いてくるのを聞こえないふりをして服の中に再びしまう。

「あ、見せろよ～」

「やですぅ」

ボクに出来る事はもう無いから、あとはメリエルの持ってきた毛布に包んで冷えないようにして一座の仲間たちで背中や手足を擦《さす》ってもらった。

「……終わったのか？」

「おい、何してんだチビども」

ようやく一息吐いたかと思ったら、今度は第一、第二王子のお出ましだ。

何でみんなそんなに野次馬なの～？

それよりお医者さんが来てほしいよ！　遅すぎだよ！

「あ、兄様《あに》！　リエトのやつが何か黒い粉隠し持ってて、見せてくれないんだよ」

「黒い粉？」

ラウレンス兄様に言われ、フィレデルス兄様がちらりと横になって浅い呼吸をしている踊り子さんを見て、またボクを見た。

「何だそりゃ？　おい、チビ助見せてみろよ」

「やですぅ！」

「んだと、この……」

アルブレヒト兄様がボクの襟首《えりくび》を摑《つか》んで持ち上げる。

あ～～～。

「あっ、止《や》めてくださいリエトはまだ幼いのですよ！」

ディートハルト兄様のお立場で第二王子のアルブレヒト兄様に意見するなんて勇気がいると思うんだけど、頑張って手を伸ばしてボクに負担が掛からないようにしてくれてる。もちろんディートハルト兄様の言う事なんて聞くわけないアルブレヒト兄様だから、「あ?」と低い声を出して睨みつけて手は離さない。見た目的に半グレ年上が、お勉強を出来そうな年下に睨みをきかせているのってとっても見栄えが悪い。

しかしこの場にはもっと上の立場の救世主がいた。

「やめろ、アルブレヒト」

ボクを摑み上げているアルブレヒト兄様の手を摑む褐色の手。第一王子のフィレデルス兄様だ。

「……んだよ、コイツを庇《かば》うのかよ」

「どう見てもお前の行動が無作法で正当性がない。手を放せ」

「…………チッ」

しばらくフィレデルス兄様を睨んでいたアルブレヒト兄様だったけど、やがて視線を逸らして舌打ちして、ボクを放り投げた。ベディにナイスキャッチされるボクを追いかけて、ディートハルト兄様が心配そうに駆け寄ってきてくれた。

「リエト、大丈夫?」

「はい、慣れてます」

最近アルブレヒト兄様はボクを見ると、大体摑み上げるか投げるかしてくるから慣れてきた。

「リエト、もう問題ないのだな?」

フィレデルス兄様はボクが毒で死なないように色々調べているのを知っているから、大体の事情は察しているんだろう。ボクは頷く。

「はい、あとはお医者さんにおまかせします」

「……そうか。行くぞ、ラウレンス」

「え〜もうちょっといようぜ、兄様」

「だめだ」

駄々をこねるラウレンス兄様にピシャリと言って、連れて出てくださった。さすがに、フィレデルス兄様の言う事は聞くんだ。タイプがかなり違うけど、この兄弟仲良いよね。

「チッ、しらけた」

アルブレヒト兄様もそう呟いて部屋から出ていく。

お医者さん遅いな〜。

(大体王族に何かあったらいけないから、近くに待機しているはずなのに……)

首を傾げているとディートハルト兄様が近くに来て、こちらも首を傾げている。

「リエトはどうしてそんなに対応が早かったの？　毒は吐かせないといけないとか、横向きにして喉《のど》に詰まらないようにしなきゃいけないとか、どうして知っているの？」

不思議そうに訊《き》いてくるけど、ディートハルト兄様も横向きにしなきゃいけない理由を知ってるんだね。本当に色んなご本を読んでお勉強しているんだね。

ボク？　ボクは生き残るためだから。

「ちょっと前に毒で死にかけたので、自衛のために調べました」

「それは……」

「ディートハルト！　いつまでそこにいるの、戻りますよ！」

何か言いかけたディートハルト兄様だったけど、それにかぶさるように鋭く高い声がディートハルト兄様を呼んだ。アンネ様だ。

「あ……」

「そんな踊り子などに構うんじゃありません。あなたは王子なのよ⁉」

さすが、元庶民のアンネ様。人一倍身分にお厳しいね！　これがコンプレックスの裏返し！

少し迷った顔をした兄様だったけど、ボクがニコって笑ったら小さく「ごめん」と言ってアンネ様の方に駆け寄っていった。何で謝ったんだろ？

「リエト様、お医者様です」

ディートハルト兄様の後姿を見送っていたら、メリエルが教えてくれた。

やっと来たと振り返ってびっくり！　側妃棟でも最高齢のおじいちゃん先生じゃん！　遅いはずだよ！

主棟なんだからもっと若くて優秀な医者が近くにいたでしょ、何で？

そりゃあ倒れたのは王族でも貴族でもなくて、異国の旅の一座の人だけどさ。客人なんだから何かあったら大変でしょうに！

「どれ、患者はこちらかね？」

おじいちゃん先生がよぼよぼと踊り子さんの横に跪《ひざまず》き、あちこち触ってみる。

あっ！　お勉強チャンスだ！

とボクはそそくさと近付いて行ったけど、助手の人に「殿下はお下がりください」と阻まれた。

まぁ普通そうなんだけど、もう嘔吐する時近くにいたから今さらじゃない？

「ふむ……この症状はエンローエかのう？　吐かせたのかえ？」

「は、はい」

近くにいた一座のリーダーが尋ねられ、慌てながら答える。

エンローエ、エンローエ……むむ、図鑑で見た気がする。

赤い果実で、熟れる前に食べると吐き気や熱、頭痛、喉の渇き、神経過敏などの症状が出るが、大量に摂取しない限り致死率は低い。

(何に……あ！　あのフルーツいっぱいのケーキ⁉)

確かに、エンローエに似た果実が入っていた気がする。

「吐かせただけでこれだけ落ち着くかの？」

「あ、あの、ソチラの王子様に言われて、黒い粉を飲ませまシタ」

はて、と首を傾げるおじいちゃん先生にリーダーが言い足して、視線がボクに集まる。

「リエト殿下に？　殿下、何を飲ませましたかね？」

え～しばらくは秘密にしておきたかったんだけどなぁ～。

ちらりと部屋の中にいる従者や騎士に目をやると、おじいちゃん先生も察してよっこらせとボクに近付く。まぁお医者さんに患者の事を伝えるのは仕方ないか。

ボクは少し指に残っていた黒い粉をおじいちゃん先生の手のひらに擦《す》り付《つ》けた。

おじいちゃん先生は、それをよく見て、匂いを嗅いで、ぺろりと舐めた。

「先生、大丈夫なのですかっ？」

助手の人がその様子に慌てているけど、失礼な。

そんな危ない物を五才児が持っている訳ないでしょ。

「これは……ふむ。どこで手に入れなすった？」

「うちのシェフにお願いして作ってもらった」

「それじゃあ間違いないですな」

うん、ボクじゃ作れないし、作っても不純物が混ざっちゃうからね。

これは、うちのシェフのジェフに頼んで作ってもらった、炭だ。窯《かま》でしっかりと炭化した木炭を更に濾《こ》してもらったから、体に悪い物は入っていない大丈夫なやつ！

「これが毒の吸収を抑える事をどこでお知りになった？」

「本に書いてあったよ」

何せ毒で死にかけたからね。解毒用のお薬の材料なんかも探したけど、もしまた毒にあたった時にすぐに出来る応急処置も調べたよ。そういうのって、わざと!?ってくらいむずかしい書き方してあって探すのには苦労したよ。でも一番簡単で効果がありそうだったのが炭だったから、これなら厨房で作れそうだと思ってジェフにお願いしたのさ。こんなすぐに出番があるとは思わなかったけどね。

「ふむ、これなら悪化する事はなかろう。薬を飲んで一晩寝れば元気になるじゃろうて」

そう言っておじいちゃん先生は、仲間の男性たちに指示をして毛布に包《くる》まったままの踊り子さんを抱き上げさせ、医務室へと運ぶように言い、助手さんには先に行って薬の用意をするように指示した。

「この娘さんは、この場にリエト殿下がいて幸運でしたね」

そう言い残して、おじいちゃん先生はえっちらおっちら出ていった。

元々は自分の身を守るためだけだったんだけど、そう言ってもらえたら悪い気はしない。

これで〝すてきな旦那さん〟にちょっと近付けたかな！

「さ、ボクらもそろそろお部屋に帰ろうか」

何だか色んな事があって、もう眠いよ。

「………はい！」

「参りましょう、リエト様。今日はお休みの前にホットミルクにハチミツをお入れいたしましょう」

何だかボクの護衛とメイドさんがすっごく優しかった。

エピローグ　転生王子、評判がちょっと上がる

一夜明けて、朝日が覚める。

「リエト様、寝ぐせがひどいです」

洗面器周りと鏡とパジャマをびしょびしょにして自分でお顔を洗った後に、タオルを差し出してくれたメリエルに言われた。濡《ぬ》れて半分ぼんやりしている鏡の中のボクの髪の毛はあちこちに元気よく跳ねていた。う～む、昨日は何だかすごくぐっすり寝たせいかな？　お湯で濡らした布とブラシでどうにか寝ぐせを直してもらい、服を着替えたらベディが入ってきた。

「おはよーベディ」

「おはようごぜぇます坊ちゃん」

袖《そで》のボタンを留めるのは自分で出来ないので、メリエルにやってもらっていたら暇を持て余したのかベディが話しかけてきた。

「昨日の踊り子は体調も戻って、今朝《けさ》もう城を出たらしいですぜ」

「そうなんだ」

元気になって良かったたね。まぁエンローエの毒性ってそんなに強くないしね。

「何だって踊り子の料理にだけ、毒が入ってたんですかね？」

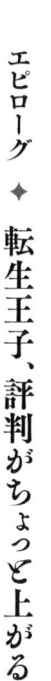

「王族の食事は毒見されるからじゃない？」

客人と言っても平民の一座に対して毒見は付いていない。要は警備が手薄なんだ。

「でも旅の一座になんて毒を盛って、何になるんやすか？」

ベディの質問に、メリエルがはぁと呆《あき》れたため息を吐《つ》いた。

「何だよメリエル」

むうと唇を突き出して不満な顔をするベディを見て、メリエルはもう一度わざとらしくため息を吐いた。もはや「はあ」というセリフを言っているくらいわざとらしかった。

「全く学んでいないと思ったのです。旅の一座であろうが、彼らは招かれた客人。その招いた者の顔に泥を塗るという事も分かりませんか」

「招いたって……あのおひげくるんの大臣？」

「シェルマン大臣です」

何でその場にいたベディじゃなくて、控室にいたメリエルが答えられるのだろう。それはメリエルが優秀だからだね。情報収集も欠かさないんだよ、うちのメイドさんすごいでしょ。ふふん。

「シェルマン大臣って言うか、シェルマン大臣が支持しているツェツィーリア様陣営へのダメージになるよね」

上の人が下の人の行動の全《すべ》てを指示している訳ではないけど、何かあった時に責任を取るのは上の人なんだよね。だからね、本当にたのむよベディ？

「何で招いた人の責任になるんで？　毒を盛った方のでしょ？」

「招いた客人を守れない時点で問題だよ。犯人も捕まるか分からないし」

それにあの旅の一座は他の国の王族からも評判らしいから、国際問題にもなったかもね。

「えっ犯人捕まらないんですか？」

ベディが驚いて声をあげるが、むずかしいだろうな〜。

「実際被害は出ていないも同然だしね」

「でもあの踊り子があたって倒れましたぜ」

「リエト様の機転ですぐに持ち直しましたでしょう？　王宮からは城を出られる際には、念入りな口止めを現物と共に行ったでございましょうし」

だろうね。

何せ家族（笑）しかいない私用のお食事会だった上に、父様や正妃であるツェツィーリア様も退席されていた。話を外に広げようがない。

もしかしたらケーキ作りをした下っ端あたりが退職させられちゃうかもしれないけど、投獄まではいかないだろう。

「まぁ被害者はすぐに元気になったとは言え、ツェツィーリア様陣営はおこだろうけどね」

裏で指示をした人物を探すだろうが、この状態では後々の交渉材料の足しになるくらいだろう。

ボクがメリエルに最後にスカーフを付けてもらいながら、あははと笑ったらベディは重い重いため息を吐いた。

「は〜〜相変わらず、高貴な方々の考える事は分からねぇですぜ」

「分かるようになってください」

すかさずメリエルに突っ込まれ、更に顔をしかめているけど、がんばってね。

そのまま朝食に行ったら、母様はいなかった。執事に聞いたら今日は気分が悪くて寝ているんだって。昨日のお食事会の事でまだ落ち込んでいるのかな？

母様ったら、一人娘だし周囲に貴族がいなかったせいで結構メンタル弱めのお嬢様気質なのだ。あのメンタルでは、とてもじゃないけどエデルミラ様と肩を並べるのは無理な気がするけど……がんばれ母様！

今朝の朝食もふわふわパンと、ミルクのスープとふんわりオムレツとサラダ。

「あ、そうだ。あとでジェフにお礼言いに行かなきゃ」

一人で食べているから、ひとりごとになっちゃったんだけど、それを聞いた給仕の執事が「呼んでまいりましょうか？」と言ったので、せっかくなのでお願いした。

「り、リエト殿下！　何かご不満が……!?」

やってきたジェフはまたしても青い顔。なぜ。

ボクたち結構個人的に喋《しゃべ》る事あったと思うんだけど、毎回怯《おび》えられているの何なの？

「ちがうよ～いつもおいしいごはんをありがとう」

「え？　は……はぁ……」

目を丸くするジェフ。いや、これだけのためにわざわざ呼ばないよ。迷惑でしょ。

「あの粉ね、すごく役に立ったから、ありがとー。また追加で作っといてくれる？」

今回踊り子さんに使っちゃったから、ボクの分が半分になっちゃっているんでお願いしたら、ああ、とジェフも合点がいったのか顔色が明るくなった。

「お役に立てたようなら良かったです。そういえば……」

ジェフはそこで少し笑った。

「厨房仲間たちの間で話題になっていますよ。リエト殿下が異国の平民を救ったって」

食事を終えて、次はマチェイ先生のお勉強の時間だから、書斎に向かう。

それはいいんだけど、後ろから付いて来ているベディの鼻歌が気になる。

「護衛中《しごと》に鼻歌は止《や》めなよベディ」

「ふふ～ン⁉　は、鼻歌をしてましたか俺《おれ》⁉」

無意識⁉　どんだけご機嫌なの⁉

「まぁいいけど……。何か良い事があったの？　ベディ」

単純に興味が湧《わ》いて尋ねたら、ベディがきょとんと目を丸くした。何でびっくりするの？

「そりゃあ……主人の評判が上がりゃあ嬉《うれ》しいでしょうよ」

評判？　ボクの？

首を傾《かし》げていたら、さっきジェフが言っていたみたいに、『異国』の『平民』を助けたっていうのが平民出身者にはとっても効いているらしい。

「そっかぁ」

ボクは将来市井《しせい》に降りる可能性もあるから、平民の間で人気が上がるのは悪くない。て言うか良い。

「じゃあじゃあ、ボクの評判を聞いて『お嫁さんになりたい』ってお嬢さんも現れるかな！」

期待いっぱいでベディに聞いたら、無茶を言う子供にかける言葉を探すみたいな顔をされた。むむむ。

まぁね、ボクも分かっているよ。お嫁さんをゲットするのってそんな簡単な事じゃないって。

ボクはまだまだ五才だもん。

お嫁さんをゲットして、すてきな旦那さんになって幸せな家庭を築くため、まだまだ頑張るぞ～！

書籍限定書き下ろし ◆ 第八王子のメイド、決意する

Reincarnation The 8th Prince's Happy Family Plan

水桶《みずおけ》を持って廊下を歩いていると、同じオーバリの家から来たメイドたちに声を掛けられました。彼女たちは掃除や洗濯を主に行《おこな》っていて、奥様のお輿入《こしい》れからしばらく経ってから王宮入りを許された方です。王宮勤めは私の方が長いですが、私よりも年も上のオーバリの時からの先輩です。

「ああ、メリエル。リエト様のご加減はどうなの？」

「熱はもう大分下がられましたが、まだ目は覚められておりません」

私の答えに、先輩メイドたちは眉《まゆ》をひそめて顔を見合わせました。とても不安げなご様子です。

「シーツを替えるなら持ってきなさい。こっちで洗っておくから」

「ありがとうございます」

礼をして再びリエト様のお部屋へ向かう私の耳に、彼女たちの囁《ささや》き声が入ってきます。

「……このままお目覚めにならなかったら、私たちはどうなるのかしら？」

「やっぱり奥様と一緒にオーバリに帰されるんじゃない？」

「それは困る！　王宮で働けるなんて嫁入りに有利なのに！」

お二人とも、何よりもご自分の進退が心配なご様子です。お二人だけではなく、この棟の使用人は皆そうであるでしょう。私以外。

「失礼いたします」

ノックをして数秒、短い返事を受け部屋の中へ入る。部屋の中では、大きなベッドの中で灰色髪の小さな子供がうなされながら寝ていて、傍《かたわ》らには老医師の方が座っておられます。子供は、私の主人であり、この国の第八王子であらせられるリエト様です。

リエト様はつい先月五才になられたばかりで、王子の中でも一番お小さい方です。そんなリエト様がなぜ今寝込んでいらっしゃるかと言うと、毒を盛られたからです。

「メリエル、戻ったか。では儂《わし》は失礼させてもらうよ。何かあったら呼んでおくれ」

「はい。ありがとうございます」

私と入れ替わりに、お医者様は部屋を出て行かれました。普通王子の意識が戻らない状態であるならば、医師が付きっきりになると思われるかもしれませんが、リエト様の場合は違います。現状、容体が変わる事がないだろうという事もございますが、リエト様は複雑な事情でお輿入れされた側妃様の御子でいらっしゃるため、王宮内での立場が大変低いのです。それこそ、毒を盛られる程に。

それでも先ほどのお医者様は私が水を取りに行く間、待っていてくださったのでマシな方でございます。そもそもの話、王族ともなれば毒見役が付くのが当然なのですが、リエト様には毒見役どころか護衛もおりません。リエト様に付いているのは、私だけです。

三日三晩寝込まれたリエト様は、起きるなりおかしな事を言うようになりました。いえ、おかしな事を言う事があるのは前からでしたが、聞いた事のない単語をよく口になさるようになったのです。話をよくよく聞けば、寝込んでいる間に長い長い夢を見ていたそうです。その夢の中の世界と現実が混同するみたいで、お医者様にも聞きましたがよくある事だと言われましたので、気にしない事にいたしました。しかし変化はそれだけではございませんでした。

「メリエル、女の子ってどんな事されたら嬉《うれ》しい？」

昏睡《こんすい》状態から目覚められて、リエト様はこういった質問をよくなさるようになられました。元から年齢の割には聡《さと》く前向きな御方でしたが、あれ以来新しい目標が出来たと仰《おっしゃ》り、ますます前向きで活動的になられました。私といたしましても、自分の事を自分でしていただけると大変助かりますので何の不満も無いのですが。

それからもう一つ変わった事が。

ようやくと言うか、今さらと言うか、リエト様に毒見役と護衛が付く事になりました。いえ、正確には毒見兼護衛という、一番一緒にしてはいけない職を兼任した男が付きました。

初対面では、薄汚く態度も悪かったですが、リエト様と私の頑張りにより多少は見えるようになった毒見兼護衛、ベネディクテュスさんはクバラの出身だそうです。ド田舎どころか未開の地と呼ばれる場所ですが、私自身も誇れる出自ではないですしリエト様もお気になさらないので問題ございません。態度に関しては、根が素直と言うか単純なため、すぐに改められましたし、問題は彼の知識の無さです。王宮内で王子付きになったというのに、貴族知識も作法もサッパリという現状に頭を抱えそうになりました。が、背に腹は代えられません。彼をクビにしたところで、次の毒見役も護衛もいつ雇ってもらえるか分からないのです。幸い頑丈そうですので、多少手荒になろうと叩《たた》き込《こ》むことにいたしました。

そもそも複雑な事情でお輿入れされた側妃様、リエト様のお母上であるテレーゼ様付きの使用人自体少ないのですが、王子に対しメイド一人というのは異常な状態だったのです。私自身は、テレーゼ様の生家であるオーバリのお屋敷で下働きをしている際に、幸運な事にその働きぶりが旦那様であるオラフ男爵の目に留まり、生まれたばかりのリエト様のお世話を命じられました。乳母《うば》の方はいらっしゃいましたが、つかまり立ちする頃に王宮入りが決まり、当時十歳だった私のみが付いて行くことが許され王宮に参りました。王宮に入り、私はすぐに理解いたしました。

リエト様は、この国中のあらゆる事情と悪意を凝縮された王宮内の、贄《にえ》であるのだと。

現王には他に三人の妃と二人の側妃がいらっしゃいました。その方々それぞれに政治的事情があり、各陣営相応の不満を持っていらっしゃいました。しかしその誰《だれ》も王室は失うわけにはいきませんでした。だからこそ、三人目の側妃と第八王子を王宮に迎えたのでしょう。彼ら彼女らの不満の矛先を作ったのです。

そういった存在ですから、リエト様は恐らく今後も生かさず殺さず大変な目に遭い続けるでしょう。そういった事情も踏まえて、ベネディクテュスさんも本気でリエト様にお仕えする気があるならば、もっとしっかりしていただかないといけません。

「ねぇメリエル、ボクとも一緒にお勉強しようよ」

そのためにまずは貴族名鑑から叩《たた》き込んでいたら、おひとりで学習なされていたリエト殿下に不満を言われました。私はリエト様のご指示で忙しい合間にこの山猿に知識を叩き込んでいるというのに。大体、私自身オーバリで下働きをしながら学校に通わせていただいていただけなので、さほど勉強が出来るわけではありません。リエト様はまだ五才でいらっしゃいますが、ゆくゆくは王族として高等学習を受けるでしょうし、今も外国のお言葉に興味を持って勉強し始めています。そんなものは庶民の学校では習いません。なぜなら必要がないからです。なので私は少し呆《あき》れながら、リエト様にご意見差し上げました。

「私がリエト様のお勉強に付き合っても意味などないでしょう」

「あるよぉ。ボクが他国にお婿さんに行く時、メリエルも一緒に行くんだから言葉が分からないと大変でしょう？」

「！」

驚きました。私は学もない、ただ田舎で同世代の中では働き者だった程度のメイドでございます。まさか王族の方のご成婚に連れて行ってもらえるなど、誰が思いましょう。リエト様が王宮を出られる際には、てっきりオーバリに帰らされるものだと思っておりました。驚きのあまり返答が遅れた私に、リエト様が青みがかった灰青色の瞳《ひとみ》を不安げに揺らし始めました。

「メリエル付いてきてくれないの？　ぼ、ボク一人で他の国に行くのはちょっと不安なんだけど……」

普段何物にも動じずにいるリエト様が、私が付いて行かないかもしれないということにひどく動揺なさっています。私は今後どうすべきか、リエト様に付いて行くために何が必要かなどを即座に考え、返答いたしました。

「…………いえ、行きます」

この不憫《ふびん》で底抜けに前向きで明るい王子を守るため、私はこれから更に精いっぱい努める所存でございます。

あとがき

初めましての方もこんにちは。『転生第八王子《てんせいだいはちおうじ》の幸《しあわ》せ家族計画《かぞくけいかく》』を手に取ってくださりありがとうございます、八月八《やつきわかつ》と申します。

初のＧＡノベルさんからの発行で、今回はホームコメディです。

今作はサラリーマンの前世がある五才児主人公のお話ですが、転生要素要るのか要らないのか微妙な感じです。最近の転生ものではなく歴史上の人物が現代日本に転生！とかだと記憶も曖昧だし、現代の個人意識ははっきりしている物が多かったなと思って、転生みたいな、夢の世界の話の様な、そんな曖昧な記憶があって、少しだけそれが影響を与えるという話も有りなんじゃないかと書きました。そんな訳で、リエトはサラリーマンだった頃の記憶を朧《おぼろ》げに持っていますが、正真正銘《しょうしんしょうめい》五才児なので、安心して愛《め》でてください！

複雑な家庭環境どころか、国政国交事情が混じって不遇の主人公ではありますが、あくまでも前向きに目標に向かって突っ走っていけたらなと思います。今回は総王子出演でしたが、次回からはアカデミーが始まったりして兄王子達との関わり方も変わって来るかと思いますが、変わらず楽しく書いていきたいです。

そして素晴らしい挿絵は山田Ｊ太《やまだジェイた》先生です！

最近は女の子キャラを描かれる事が多いですが、Ｊ太先生のショタも美少年も本当に最高なので。

八人もタイプの違う王子を書いた自分で褒めてやりたいくらいに、キャラデザが最高です。本当にありがとうございます。こちらの細かいこだわりのキャラ設定を見事に絵にしてくださり、感謝しきりです。

皆さんも存分に萌えて推し王子を作ってくださると嬉しいです。

こちらの作品はコミカライズ化も決まっているので、そちらも楽しみに待っていてください！

最後になりましたが、この本の出版、発売に尽力してくださった担当Nさんはじめ全ての方にお礼申し上げます。

次回もよろしくお願いします。

八月八　拝

次巻予告
天然人たらし 末王子、
第2巻でも大あばれ!!
長期休暇が終わり、
上の兄様たちは学院へ。
ボクもまだまだ花婿修業
頑張るぞ〜!!
転生第八王子の
幸せ家族計画2
予約受付
開始!!
第2巻2025年4月発売予定!!
※発売予定及び内容は変更になる場合がございます。

GAノベル

転生第八王子の幸せ家族計画

2024年12月31日　初版第一刷発行

著者　八月八
発行者　出井貴完
発行所　SBクリエイティブ株式会社
〒105-0001　東京都港区虎ノ門2-2-1

装丁　AFTERGLOW
印刷・製本　中央精版印刷株式会社

ISBN978-4-8156-2249-7
Printed in Japan

ファンレター、作品のご感想をお待ちしております。

〒105-0001　東京都港区虎ノ門2-2-1
SBクリエイティブ株式会社
GA文庫編集部 気付

「八月八先生」係
「山田Ｊ太先生」係

本書に関するご意見・ご感想は
下のQRコードよりお寄せください。
※アクセスの際に発生する通信費等はご負担ください。

https://ga.sbcr.jp/

レジデントノート増刊
Vol.27-No.2

改訂版

同効薬、納得の使い分け Update

最新の根拠を学び、症例で鍛え、ピットフォールを回避する

編 生野真嗣, 片岡仁美

羊土社
YODOSHA

謹告

本書に記載されている診断法・治療法に関しては，発行時点における最新の情報に基づき，正確を期するよう，著者ならびに出版社はそれぞれ最善の努力を払っております．しかし，医学，医療の進歩により，記載された内容が正確かつ完全ではなくなる場合もございます．

したがって，実際の診断法・治療法で，熟知していない，あるいは汎用されていない新薬をはじめとする医薬品の使用，検査の実施および判読にあたっては，まず医薬品添付文書や機器および試薬の説明書で確認され，また診療技術に関しては十分考慮されたうえで，常に細心の注意を払われるようお願いいたします．

本書記載の診断法・治療法・医薬品・検査法・疾患への適応などが，その後の医学研究ならびに医療の進歩により本書発行後に変更された場合，その診断法・治療法・医薬品・検査法・疾患への適応などによる不測の事故に対して，著者ならびに出版社はその責を負いかねますのでご了承ください．